LES TABLEAUX.

Ch. Eisen inv. E. De Ghendt Sculp.

LES TABLEAUX;

SUIVIS

DE L'HISTOIRE

DE

MADEMOISELLE DE SYANE ET DU COMTE DE MARCY.

A AMSTERDAM,

Et se trouve à PARIS,

Chez DELALAIN, Libraire, rue & près de la Comédie Françoise.

M. DCC. LXXI.

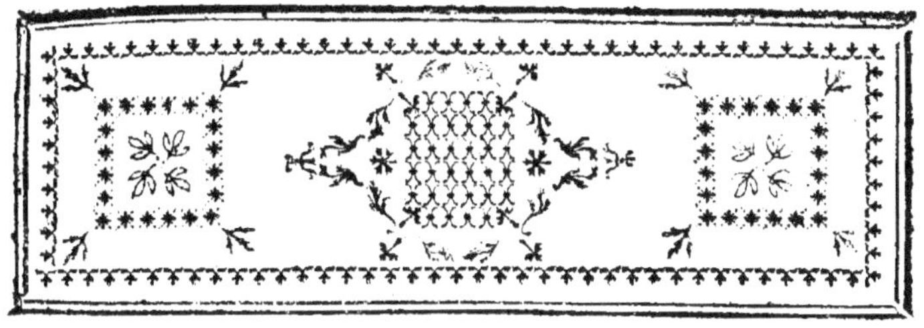

PREMIER TABLEAU.

LES BONS PARENTS RÉCOMPENSÉS.

A M. GREUSE.

L'IDÉE d'un Tableau m'eſt venue, Monſieur. Je la crois heureuſe. Je vous l'adreſſe.

Un pere & une mere ſont à la promenade avec leur fille. Cette fille eſt un enfant. Elle a ſept ans. La fille a diſparu, & le couple vertueux a hâté ſes pas pour la ſuivre.

Voici le tableau. Au détour de l'objet quelconque qui bornoit la vue de nos époux, leurs yeux retrouvent ce qu'ils cherchoient. La fille chérie eſt à côté d'un de ces malheureux habitants des campagnes, à qui la miſere a ravi la force de les cultiver. C'eſt un vieillard, tombé de faim & de fatigue au pied d'un arbre. D'une main, l'enfant lui tend de l'eau fraîche, qu'elle vient de puiſer elle-même dans une fontaine voiſine; de l'autre, elle ſecoue une bourſe dans le chapeau du vieillard, qui l'a ôté de ſon front chauve, à la vue de la fille de ſon Seigneur. Le pere & la mere voient tout de loin, ſe cachent pour mieux voir, s'embraſſent, ſans lever les yeux de deſſus l'objet. Ils pleurent tous deux.

Il s'agit d'un Drame intéreſſant; le lieu de la ſcene doit être à la campagne. Je demande, dans le lointain, un château d'une architecture antique & d'une irrégularité pittoreſque. Je veux encore quelques cabanes près de ces tours gothiques qui ſembleront les protéger; & la ſcene ſera vraiſemblable dans le parc, ou jardin, attenant à ce Château.

Raſſurez-vous, Monſieur; je n'aurai ni le mauvais goût, ni la barbarie d'exiger que ce jardin ſoit planté de charmilles alignées, taillées en portique, & tondues juſqu'à la branche principale de leurs tiges. Nous laiſſerons les platânes s'élever, les chênes s'étendre, & nous rirons, ou plutôt nous jetterons un regard douloureux ſur ces tilleuls mutilés en boule & ſur ces arbres nains, que les oiſeaux ne choiſiſſent pas plus pour le ſiege de leurs nids, que vous pour l'ornement de vos payſages. Voilà pour le lieu de la ſcene.

Venons aux perſonnages. Notre Gentilhomme aura trente ans tout au plus, s'il vous plaît; duſſiez-vous m'en vouloir un peu d'expoſer, par-là, votre ouvrage à un reproche d'invraiſemblance.

En effet, ce n'eſt pas encore à trente ans qu'un Gentilhomme élevé à la Cour (& je veux que le mien l'ait été), s'aviſe de vivre à la campagne, & de deviner que l'on peut être heureux au delà des barrieres de la Capitale. J'en connois, pour ma part, plus d'un qui pourroient être peres du nôtre, & qui ſont encore à concevoir comment on peut vivre ſans Opéra, quoiqu'ils n'aiment pas la muſique, ſans Comédie, quoiqu'ils déteſtent les vers, & ſans ſoupers de trente perſonnes, malgré l'ennui qu'ils y trouvent & qu'ils y portent.

Mais, Monſieur, ſi l'exemple alloit en toucher quelques-uns, à la vue de votre Tableau; ſi un ſeul de ces êtres, vivants dans une éternelle diſtraction d'eux-mêmes, moins à haïr qu'à plaindre, moins à mépriſer qu'à inſtruire, plus mal élevés que mal nés; ſi un ſeul d'entre eux, venant à jetter ſes yeux errants ſur votre ouvrage, alloit, à ſon grand étonnement, apprendre qu'il a une ame; ſi cette découverte inattendue alloit, par une liaiſon ſi intime, lui rappeller qu'il a une femme!... Hélas! Monſieur, la vertu eſt ſi douce, qu'il ne manque peut-être à bien des gens que d'en rencontrer une fois l'image, pour en aimer à jamais la réalité.

Trente ans ſeront donc l'âge de notre Gentilhomme campagnard.

Combien de Peintres de l'Ecole de Flandres s'empreſſeroient, à cette épithete, de charger la toile d'un gros ruſtre, croiroient avoir fait merveille, & n'auroient fait qu'une ſottiſe. Vous, Monſieur, qui joignez les méditations du Philoſophe à la pratique vigilante de l'Artiſte; vous, qui n'avez pas plus étudié le méchaniſme de nos muſcles & de nos reſſorts, que la façon dont notre ame les fait mouvoir; vous, qui ſavez qu'on ne ſait rien dans aucun art, dans aucune profeſſion, dans aucune circonſtance de la vie, quand on ignore ces rapports délicats du phyſique & du moral; vous enfin, Monſieur, qui êtes Peintre & Poète, c'eſt-à-dire vraiment Peintre, vous ſavez qu'avoir à peindre un homme de trente ans, qui vit, & a vécu à la campagne, c'eſt avoir à mettre la tête d'un homme de vingt ans, vivant à la ville, ſur un corps plus vigoureux.

Je vous demande encore, pour notre jeune Sage, moins de régularité dans les traits, que d'ame dans la phyſionomie. J'invoque ſurtout la magie de votre Art, pour que la femme de ce galant homme ſoit belle & jolie, c'eſt-à-dire jolie; car une jolie femme, qui vit à la campagne, eſt belle, parcequ'elle ſe porte bien.

Cette épouſe aimée, & qui aime, doit être belle, comme je vous le dis. Il faut qu'elle ſoit belle; car qu'eſt-ce qu'un tableau ſans une belle femme, à moins qu'il ne repréſente l'image d'un grand homme? Il faut qu'elle ſoit belle, parceque votre tableau annoncera, par-là, la juſtice du Ciel, qui récompenſe la vertu: car une belle femme n'eſt-elle pas la plus digne récompenſe d'un homme vertueux? Il faut qu'elle ſoit belle enfin, parceque, pour bien faire un ouvrage, il faut s'y plaire, & que voilà le plus doux charme par lequel je puiſſe vous attacher au vôtre.

Que nos jeunes époux ſoient un peu parés, je vous en prie. J'entends crier au ridicule; mais ceux qui pouſſent ces cris ſont, à coup sûr, des gens qui ne ſavent pas leur langue. Vous, qui ſavez la vôtre, vous entendez par être paré, être bien mis, & vous concluez avec moi que l'on eſt ſouvent mal mis à la ville & à la Cour, & que l'on peut être paré, ſans affectation, à la campagne. Non ſeulement on le peut, mais une femme le doit, & ce devoir s'étend même ſur le mari. En vérité, il n'eſt pas moins qu'elle obligé à plaire, &, à mérite égal, il lui reſte plus de frais à faire.

Oui, Monſieur, un peu de parure. Elle ſe marie très bien avec la ſimplicité. D'ailleurs notre but eſt de montrer aux hommes, aux jeunes gens même, que le bonheur les appelle à la campagne : gardons-nous de leur y faire enviſager des ſacrifices qui les effraieroient, & qu'ils n'ont point à y faire. Diſons-leur plutôt : » Jeunes gens, n'imaginez plus que vivre à la campagne, c'eſt » renoncer à tout, même aux graces de ſa » perſonne; qu'aux champs, avec les occa» ſions de plaire, fuient à jamais les ſoins

» que le desir de plaire fait naître. Apprenez que, loin de vous fuir, c'est là que ces soins flatteurs se multiplient, & deviennent sacrés, par la pureté des objets qui les attirent. Oui, le soin de plaire est le plaisir, est le devoir de tous les sexes & de tous les âges ; de l'enfant qui folâtre aux pieds de sa mere, de la fille qui nuance un cannevas, du Philosophe qui médite, du Roi qui regne, & du mortel heureux qui cultive en paix son héritage... » Jeunes gens, disons-leur encore, ce ne sont point des privations qu'on vous impose, c'est à de réelles jouissances qu'on vous appelle. Croyez que si l'on s'étourdit à la ville, c'est aux champs que l'on s'amuse. Dans vos bals pompeux, malsains & nocturnes, le rire trompeur est sur les levres, quand l'ennui est dans le cœur, & la fatigue dans tous les membres. Dans ces fêtes de village, où le plus beau titre de la Dame du Château est de sauter le plus légérement, soyez surs que pas un rayon de joie ne s'épanouit sur le front, sans avoir auparavant dilaté l'ame. On veille au bal de l'Opéra, l'on danse à la

» campagne. Enfin, ô jeunes gens, que l'on » trompe, & qu'il est affreux de tromper, » ne croyez pas plus les sots qui vous di- » ront, la vie de la campagne triste, que les » Prêtres désavoués qui vous peindront Dieu » cruel & farouche ».

Disons-leur tout cela, Monsieur; car tout cela est vrai : & si l'on doit la vérité à tout le monde, combien plus encore ne la doit-on pas à la jeunesse? Que les Instituteurs le répetent donc dans leurs Ecoles, les Moralistes dans leurs écrits, l'Orateur dans la Tribune, le Poète au théâtre ; que les atteliers du Peintre l'annoncent; que les grouppes du Sculpteur donnent par-tout un corps à ces maximes: car malheur à l'Etat où l'Instituteur de la jeunesse, l'Orateur, le Poète, le Sculpteur, le Moraliste, le Peintre, ne veillent pas aux mœurs, & ne donnent pas des leçons de morale, qui toutes se réduisent à dire aux hommes : *Soyez heureux.*

Je vois d'ici votre embarras. J'entends d'ici les disputes qui s'élevent entre le Citoyen & l'Artiste; entre le Citoyen qui ne veut pas voler à sa nation l'honneur d'une scene attendrissante & l'Artiste qui se désole d'avoir à mettre un habit François dans ſon tableau.

Hélas ! Monſieur, ils ont tous deux raiſon; & la Peinture, pierre de touche véritable de tous les coſtumes du monde (s'il eſt permis de s'exprimer ainſi), met ſans doute le nôtre au dernier rang. Vos touches demandent des draperies, & nous n'avons que des contours ſecs & étroits à vous offrir. L'habillement même de nos femmes fournit à peine à votre palette une occaſion de déployer ſes tréſors. Votre imagination vous ramene toujours vers les champs fortunés de la Grece, cette patrie des Beaux-Arts, ou dans les campagnes de Rome, ſon héritiere. Je ſens combien vos yeux, après avoir étudié les plis flottants de la tunique d'Alcibiade, après avoir erré ſur la robe de Glicere, renouée avec tant de grace au deſſus de ſon brodequin, ou ſur l'écharpe de Julie, ou ſur les treſſes de Corinne, je ſens, Monſieur, combien alors vos yeux doivent triſtement ſe rabattre ſur nos chignons friſés, nos caſaquins & nos pet-en-l'air.

Je vous propoſerois bien le déshabillé du matin pour vous tirer de peine : en effet, j'ai plus d'une fois remarqué combien une jolie femme eſt plus jolie en peignoir, & lorſque ſes cheveux déroulés, n'étant pas encore aſſervis aux entraves rigoureuſes des épingles noires, reſſemblent encore à des cheveux. Quant aux hommes, il eſt bien reconnu, ce me ſemble, que reléguant à jamais au fond de leurs garderobes leurs juſte-au-corps brodés ſur toutes les tailles, ils feroient mieux de garder leurs robes-de-chambre pour paroître en bonne compagnie.

Oh, M. Greuſe! je n'aurai pas l'impudence de vous recommander de ne pas mettre de rouge à notre tendre épouſe; jamais le fard n'a ſouillé votre palette: vous l'abandonnez à ces jeunes victimes de la mode, que vous plaignez, & qui, croyant colorer leurs joues de l'incarnat d'Hébé, les enduiſent ſi mal-adroitement de la teinte de Tiſiphone en colere.

Vous n'irez pas non plus hiſſer une mere en pleurs ſur ces patins pointus, qui déboîtent bien plus les genoux de nos femmes, qu'ils n'appetiſſent leurs pieds, & leur rendent l'à plomb, ſans lequel il n'exiſte ni force ni grace, auſſi difficile qu'au danſeur qui ſe contorſionne ſur la corde.

Venons au ſecond plan & au groupe éclairé de notre tableau.

Que de choſes ne nous reſte-t-il pas à dire ſur ce vieillard qui ſouffre, & ſur l'enfant qui le ſoulage! ſur cet enfant, dont les traits, développés à peine, reçoivent de la douce pitié un caractere ſi tendre; ſur cet enfant honnête, c'eſt-à-dire dont l'éducation a été bornée au bon exemple, & à ne point altérer le penchant de la Nature; car nous naiſſons bons, j'en ſuis sûr.

Il eſt mille détails minutieux à écrire, & qui deviendroient ſimples, ſi, de retour à la Capitale, je pouvois vous les expoſer de vive voix. Par exemple, j'appuierois auprès de vous, pour que l'enfant ſecouât vivement ſa bourſe dans le chapeau du vieillard, comme il a été dit dans l'expoſé du tableau. Je ſerois bien fâché, je vous l'avoue, que la petite fille en dénouât les cordons, pour y choiſir une piece, fût-ce la plus précieuſe de ſon tréſor, & fût-ce avec toutes les graces poſſibles qu'elle dénouât ces cordons. Gardons-nous d'attenter aux touchantes prérogatives de cet âge, où aucun calcul ne vient encore prescrire des limites aux actions honnêtes ; où tous les sentiments paroissent sans restriction ; où la joie, la douleur, la pitié, la bienfaisance trouvent sans cesse ouvertes toutes les portes de l'ame où elles veulent pénétrer. L'enfant ne doit point compter ce qu'il donne. La vue d'un malheureux doit arracher de ses mains tout ce que ses mains possedent. Ce n'est pas à cet âge qu'en soulageant un infortuné, on a à se dire : combien encore reste-t-il d'autres infortunés à soulager sur la terre ! gardons quelque chose pour eux. Voilà le langage du pere ; ne confondons rien.

Il n'y aura point d'or dans la bourse de la petite fille, ni dans le chapeau du vieillard par conséquent. On y verra les sommes légeres dont un pere raisonnable laisse disposer son enfant, pour qu'il sache un jour l'usage criminel ou sublime de ce métal envié.

L'action de la petite fille ne se pese point au poids de ce qu'elle donne. Elle dispenseroit des trésors, qu'aux yeux du pere & de la mere qui la comtemplent, qu'aux yeux de tous les juges délicats de votre tableau, ces trésors ne pourroient avoir le prix du verre d'eau puisé à la fontaine. Tous les jours, des filles de qualité jettent de l'argent par la ſenêtre indiſtinctement au miſérable mutilé ſous les chars de leurs parents, ou à l'hiſtrion qui fait danſer la marmote ou fait des miracles pour le peuple. Mais que la fille d'un homme de condition s'aviſe, à ſept ans, de deviner qu'un pauvre peut avoir ſoif, & qu'elle lui donne à boire de ſa main, c'eſt ce qui n'eſt peut-être pas tout-à-fait ſi commun, & ne s'apprend guere à la ville.

C'eſt ici que j'implore vraiment la magie, le preſtige du pinceau, enfin votre talent, Monſieur; il s'agit de la figure de l'enfant. Que de ſentiments divers vous avez à faire parler dans ces traits à peine ébauchés par la Nature! Par quels effets, par quelles oppoſitions, par quels reſſorts, qu'envain l'eſprit conçoit, quand le génie n'en devient pas le moteur, par quel enchantement peindrez-vous à la fois dans ces yeux en larmes la ſenſation douloureuſe & tendre qui ſuit la pitié, & le raviſſement inſéparable du plaiſir de ſoulager un être qui ſouffre? Quelle main inviſible imprimera ſur le front de l'enfant généreux cette crainte d'être vu, qui, par un contraſte ſublime, ſuit la vertu bienfaiſante au moment du bienfait, comme le vice au moment du crime? appréhension religieuse, mais inconnue à ces bienfaiteurs outrageants, qui seuls ont pu ôter à l'ingratitude le premier titre à la haine du monde, & dont l'œil superbe cherche le spectateur à l'instant qu'ils tendent à regret leurs bras à l'infortune. Mais non, Monsieur, je me trompe moi-même. L'enfant ne sait pas encore se cacher, pas même pour faire le bien. Je sens que cette recherche, toute vertueuse qu'elle est, ne peut naître que d'une corruption. Ce venin n'a point encore empoisonné cete ame naïve. Exprimez seulement l'énergie des traits, au moment où le charme d'une action honnête exalte leur caractere; que l'enfant ne soit occupé que du bonheur de bien faire, sans songer à fuir, ou à rencontrer des témoins. Que le sentiment de l'humanité compatissante soit inséparable de la vue du vieillard. Séchez pourtant ses larmes sous la main qui les essuie; & qu'on lise sur ses rides que la reconnoissance vient encore attacher pour lui quelque valeur à cette vie douloureuse, dont il desiroit la fin. Séchez ses larmes, & faites-en couler de tous les yeux qui verront votre ouvrage. Que toutes les actions bienfaisantes auxquelles le souvenir de la premiere invitera la fille chérie, s'offrent la nuit en songe à ceux qui auront vu votre tableau pendant le jour; car, Monsieur, une action honnête est un engagement bien doux à en faire d'autres. Que tous vos admirateurs soupent en idée au Château de vos modeles; que tous en sortent amis du pere, respectueux adorateurs de la mere, protecteurs voués de la fille; enfin que chacun fasse son roman sur votre tableau, & que quelque couple fortuné le réalise.

C'est alors, Monsieur, que l'on sentira la relation des arts & des mœurs. C'est alors que tout le monde connoîtra ce que peu de Philosophes connoissent seuls aujourd'hui, c'est-à-dire que, chez toutes les nations du monde, les Arts crient à toutes les oreilles, offrent à tous les yeux, font toucher à tous les tacts, publient enfin hautement le véritable période de la grandeur ou de la décadence des Etats; car bonnes mœurs & prospérité, mauvaises mœurs & décadence, sont & seront toujours politiquement, comme moralement, synonymes.

Quand le ciſeau & la palette, devenus mercenaires, laiſſeront nus les murs des édifices publics, & chargeront les alcoves de nos Traitants de peintures laſcives, auſſi déshonorantes pour l'Artiſte qui y prodigua ſes couleurs, que diſparates avec la caricature des Divinités de ces temples bourgeois, Muſes & Citoyens, alors gémiſſez. Gémiſſez quand les grouppes deſtinés aux bains du Sybarite, ne laiſſeront plus de marbre pour les ſtatues des grands hommes, quoiqu'alors les blocs ſeront encore moins rares que les modeles. Mais lorſque dans les carrefours de la Capitale, l'urne des Naïades de Falconet & de Pigal épanchera ſes flots bienfaiteurs pour la commodité des habitants; quand, avec la ſalubrité de l'air, ces canaux multipliés porteront par-tout le ſouvenir & l'image de la munificence du Prince; quand les colonnes de la place, où l'amour de ſon peuple aura élevé & couronné de fleurs ſa ſtatue, ſupporteront les buſtes de tous les Citoyens illuſtres de ſon regne; quand près du Héros qui gagna des batailles, le porphyre animé conſervera les traits du Magiſtrat integre; quand, près d'eux, mais à un gradin

gradin plus bas cependant, le Poète, le Peintre, le Sculpteur se trouveront eux-mêmes réunis, sous le titre de grands hommes, avec ceux qu'ils immortalisent; Muses, revenez; Peuples, réjouissez-vous: & vous, Censeurs rigides, qui déclamez contre le luxe & les Arts, cessez de confondre l'abus avec le principe.

> Vixêre fortes, ante Agamemnona,
> Multi; sed omnes illacrymabiles
> Urgentur, ignotique, longâ
> Nocte, carent quia vate sacro.

SECOND TABLEAU.

LA CHEVRE QUI SE NOIE.

A M. VERNEY.

QUAND on a vu vos tableaux, Monsieur, on ne parcourt plus les campagnes sans songer à vous. On ne voit plus la Nature en grand, on ne rencontre plus dans les pays de montagnes, de ces sites pittoresques, de ces riches horisons, de ces paysages heureux, dont la vue seule délasse le voyageur, sans s'écrier: Que Verney n'est-il ici!

Je ne veux pas que tous mes regrets soient vains. Mes yeux n'auront pas un plaisir de ce genre, que ma plume ne vous en rende compte. Je vois mieux que je n'écris. Ma ressource sera d'être narrateur exact; & si à la fin de chacune de mes campagnes, j'ai trouvé une bonne position de guerre, & un sujet digne de vos pinceaux, je ne croirai pas avoir perdu mon temps.

J'ai été, il y quelques jours, témoin d'une scene champêtre, que je n'oublierai pas.

Tous les moments qu'elle a duré, & qu'un intérêt vif a rendu si rapides, m'ont fait desirer de les voir reproduits & fixés par vos couleurs. Deux sur-tout m'ont charmé S'ils vous charment aussi, je vous invite à exécuter les tableaux qu'ils fournissent S'ils vous plaisent foiblement, s'ils ne vous plaisent que beaucoup, jettez ce brouillon au feu, & ne peignez pas; car malheur au Peintre qui prend sa palette, au Sculpteur qui saisit le ciseau, au Poète qui se met à son pupitre, avant que d'avoir un sujet qui lui tourne tout-à-fait la tête.

Je parcourois les bords sinueux du Doubs, & me plaisois à suivre les caprices de son cours. On les lui pardonne en faveur du beau vallon qu'il arrose, & de la variété des collines qui resserrent son lit.

Dans un endroit où les bords du ruisseau sont escarpés à l'une & l'autre rive, pendant un assez long espace, une fille des champs gardoit un troupeau de chevres & de brebis, qui se disputoient, sans guerre, le serpolet des pelouses voisines. La rive, où paissoit le troupeau, étoit cultivée jusqu'au tiers de la colline. Le ſommet étoit couvert de pins entremêlés de quelques foyards (1) d'un verd auſſi vif, qui celui des pins étoit remb uni.

La colline oppoſée n'offroit qu'un de ces énormes bancs de pierres verticalement dirigées, auxquelles les rayons permanents du ſoleil ont, après tant de ſiecles, donné tout l'étincelant de la neige : immenſes déſoſſements de notre mere commune, qui nous rappellent que tout périt.

Cette blancheur éblouiſſante n'étoit altérée que par quelques cavités récentes, creuſées par les torrents au ſein du rocher même.

La partie du vallon que je découvrois, eſt terminée d'un côté par un village. Pluſieurs de ſes chaumieres ſont raſſemblées dans le fond de la vallée. D'autres ſont ſemées çà & là, à travers les pins qui deſcendent le plus bas. A l'autre extrémité du vallon, un pont d'une architecture gothique termine le cadre du tableau que je vous propoſe.

Vous connoiſſez le lieu de la ſcene. Venons au Drame qui doit le vivifier. Reve-

---

(1) Nom que donnent au hêtre les habitants des montagnes.

nons auprès de cette payſanne, que je vous prierois de rendre jolie, ſi elle ne l'eût pas été, mais qui l'étoit.

Voyez une de ces chevres gourmandes s'approcher trop des bords mobiles du ruiſſeau, pour y brouter une herbe plus tendre. Voyez la terre s'ébouler ſous ſes pieds fourchus, la chevre tombée au milieu des flots que leur cours reſſerré rend plus rapides, & entendez la pauvre bergere déplorer à grands cris ſon malheur.

A trois cents pas étoit placé un jeune laboureur, à qui cette voix n'étoit pas inconnue. La fille infortunée ſembloit implorer ſon ſecours, en lui montrant de loin l'accident de ſa chevre chérie.

Soudain la charrue, au quart du ſillon, eſt abandonnée par ſon conducteur; & par la rapidité de ſa courſe, on juge que quelque choſe de plus même que le plaiſir de faire une bonne action, le ſollicite.

Pour votre tableau, Monſieur, tenez le jeune homme ſuſpendu dans cette courſe, dont la célérité vous dit ſeule qu'il vole pour une maîtreſſe. Mais gardez-vous d'oublier au côté oppoſé un bon vieillard ſorti de ſa cabane, au cri de la gente chevriere, & à qui l'amour paternel a auſſi rendu de l'activité. N'oubliez pas de faire former au ruiſſeau un rentrant qui permette au pere, ſe hâtant par la gauche, à l'amant qui vole par la droite, de voir à la fois, l'un ſa fille qui ſe lamente, l'autre ſon amante qui ſe déſole, & tous les deux la chevre qui ſe noie, & que déplore la jolie paſtourelle. Je ne ſais ſi je me trompe, Monſieur; mais je vois votre tableau tout fait.

TROISIEME TABLEAU,

Pour servir de pendant à celui qui précede.

LA CHEVRE SAUVÉE.

A M. VERNEY.

LAISSERONS-NOUS noyer la pauvre chevre, Monsieur ? Ne seroit-il pas bien doux de faire renaître l'expression de la joie & de la reconnoissance sur le joli visage de notre jeune affligée ? N'auriez-vous pas vous-même bien du plaisir à exprimer dans ses traits le bonheur qu'elle éprouve en retrouvant sa chevre, & le contentement plus vif & plus secret de devoir ce bonheur à ce qu'elle aime?

Le hasard nous fournit le moyen de changer le fond du tableau précédent, sans rien ôter à la vraisemblance d'une seconde scene, jouée par les mêmes personnages. Cette circonstance est heureuse; profitons-en.

Pendant la course de l'amant & la marche hâtée du pere, la chevre est entraînée par les flots. La pauvre chevriere suit le rivage en sanglotant. Le jeune homme l'atteint, malgré l'avance qu'elle a ſur lui ; & la pente des eaux conduiſant la chevre au devant du vieillard, celui-ci, par cet avantage, goûte la douceur d'arriver encore au but auſſi-tôt que la jeuneſſe.

Ce trajet a conduit nos acteurs champêtres dans un lieu où la direction de la vallée change totalement le payſage. Quelques acceſſoires du premier plan, retrouvés ſur celui ci, rappellent ſeulement, au ſpectateur, que les lieux des deux ſcenes ſont voiſins. Le même pont gothique prouve, entre autres, le voiſinage ; mais vu d'un autre ſens, il ajoute à la vraiſemblance, ſans apporter de monotonie.

Ce nouveau payſage eſt auſſi riant qu'une partie du précédent eſt ſombre. Peut-être cependant l'aimerois-je mieux plus ſombre encore, puiſqu'il doit ſervir de théâtre au ſpectacle du bonheur.

J'aime à voir contraſter l'aridité des lieux
Avec la douceur des images.
Les amants rapprochés dans des déſerts ſauvages,
Et dans les antres ténébreux,
Me ſemblent encor plus heureux,
Que ſous les plus charmants ombrages.

Dans ce nouveau vallon, qu'il faut laiſſer créer à M. Verney, pour s'aſſurer qu'il ſera ce qu'il doit être, il ne tiendra qu'à lui d'obſcurcir le ciel, d'invoquer les vents & les tempêtes qui lui obéiſſent, & dont les souffles rapides ne s'acquittent que d'un devoir de reconnoiſſance en portant ſon nom au bout du monde.

Je vous aurai pour ma part, Monſieur, plus d'une obligation, ſi vous voulez exciter un orage dans le ſecond tableau. D'abord j'aime aſſez, je l'avoue, qu'il faſſe du vent quand je vois une jolie payſanne en plein air. Mais un intérêt plus grave me porte encore à vous faire cette inſtance.

Au moment où je parle, notre amant eſt au ſein des flots que ces vents groſſiſſent. L'orage n'ajoute point au danger, ſans ajouter à l'intérêt. Le pâtre vigoureux ſaiſit d'une main les cornes de la chevre, & de l'autre fend la vague qui veut l'entraîner lui-même. Ses membres nerveux ſe déploient, ſes muſcles ſe deſſinent ; & c'eſt à la lueur des éclairs, que ſa maîtreſſe voit ſon courage, & s'applaudit de ſes forces, deſtinées à la ſervir & à la défendre.

Le jeune homme eſt à bord (& voici l'inſtant du tableau) ; il gravit au rivage, traînant toujours la chevre après lui, & luttant encore contre l'effort des vagues. Le vieillard vénérable & joyeux ſerre la main que lui tend ſon gendre futur ; & la main de ſa fille, qu'il unit, au bruit de la foudre, à celle de ſon amant, devient pour celui-ci le prix des flots bravés, de la chevre ſauvée, de l'amour le plus tendre, de l'eau glacée, & de la ſueur brûlante qui le couvrent à la fois, & qu'une main ſi chere eſſuiera bientôt.

Heureux, Monſieur, le Cabinet décoré par ces deux morceaux exécutés par vous. Pour moi, je dois vous avertir que je ne ſuis point dans le cas d'en faire l'acquiſition. Tout ce que je vous demande, c'eſt que les pays étrangers n'en ſoient point enrichis à nos dépens.

Ce ſeroit au moins une conſolation pour les gens de bien, ſi une partie de ces fortunes immenſes & rapides, qui étonnent & ruinent la France, étoient employées par leurs poſſeſſeurs à conſerver à la nation les monumens des arts perfectionnés dans ſon ſein.

Je me trompe , Monſieur , ce ne devroit point être à des particuliers quelconques , mais à la nation en corps , à payer vos ouvrages, pour ſa gloire & pour la vôtre.

QUATRIEME TABLEAU.

LA BRANCHE CASSÉE.

Au milieu d'un vallon agréable de l'Alſace, s'éleve un ceriſier, dont les excellents fruits ſont le plus ſouvent la proie des oiſeaux, ou des bergers. A peine rouges, les oiſeaux les dérobent pour leurs petits, ou les pâtres pour leurs bergeres, plus fraîches que les ceriſes. Ces circonſtances ſont vraies ; car l'amour ſe fait ſentir, même au fond des montagnes où l'on parle Allemand ; & l'on ne connoît pas l'amour, ſans connoître une eſpece de galanterie.

Par un beau jour d'été, une jolie Alſacienne partant de ſon village à l'aube naiſſante, s'en alloit à la ville voiſine vendre ſon beurre frais battu. La corbeille d'oſier qui le receloit étoit comme immobile ſur la tête de notre jeune payſanne ; & ſa démarche, aſſurée & légere, entretenoit le plus parfait équilibre. Sous le couſſinet où la corbeille eſt poſée, les plus beaux cheveux noirs, treſſés & reployés ſur eux-mêmes en forme de couronne, ſont un nouvel appui pour la corbeille, & une parure charmante pour la tête qu'ils entourent. En arriere, deux autres treſſes tombantes battent, durant le chemin, une de ces tailles ſveltes, rondes & ſouples tout-à-la-fois, communes aux bords du Rhin, ſans aucun ſecours de l'art, & rares à Paris, malgré le méchaniſme des buſcs & des baleines.

Au deſſous du corſet brun, que moule cette taille charmante, ſe drape, ſe grouppe & s'arrondit en contour que l'œil ne voit point ſans que le ſang circule plus vîte, un jupon que la garance a teint, & que la croupe le plus voluptueuſement prononcée gonfle à plaiſir. Sous ce jupon de callemandre groſſiere ſe meuvent deux jambes déliées & aſſorties à ce joli corps, que de rudes travaux ne devroient jamais fatiguer ; & les traces que les pieds de notre gente villageoiſe laiſſent ſur le ſable, invitent tout voyageur qui les rencontre à les ſuivre.

Ainſi s'avance la rivale de la Perrette de *la Fontaine*, parée de tous ces tréſors, & de mille autres qu'un Roi paieroit ſi cher, & qu'un payſan aura pour rien.

Perrette paſſe au pied du ceriſier, qu'une foule de rejettons environne, & que reſpectent la ſerpe & la charrue. Quelques fruits échappés la veille à la gourmandiſe des grives du voiſinage, & à la galanterie des pâtres voiſins, étalent, au ſoleil naiſſant, leurs petits globes pourprés, où la roſée étincelle encore L'œil de Perrette les voit, & ſa bouche les deſire. Il ſeroit bien doux de monter à l'arbre, & de les y cueillir pour elle. Peut-être l'eſt-il plus de l'y voir monter elle-même. Elle y monte. Sa main trie les ceriſes que la maturité commence à teindre. Ses levres fraîches en ſavourent le ſuc preſque glacé; & les dents nettes de notre jolie gourmande mordent la moitié de la ceriſe qui a déja rougi, quand elle n'eſt pas tout-à-fait rouge.

La moiſſon eſt faite à tous les rameaux où Perrette peut atteindre; & les becs du merle & du roſſignol ne pourront, pour aujourd'hui, s'enfoncer que dans des fruits dont la verdeur leur fera à eux-mêmes lâcher priſe.

Mais le joli bouquet qui ſe découvre encore à la cime de l'arbre! ô Perrette, comme il eſt frais, brillant, pourpré, appétiſſant! il te reſſemble. Quel plaiſir ſi tu pouvois monter juſques là! Perrette y monte. Le bouquet de ceriſes eſt rompu. Il va être mangé par Perrette!... Ciel!... la frayeur le ravit à ſes mains... Qu'a-t-elle découvert du ſommet où elle eſt parvenue?... Un ruſtre fortuné qui l'aime, & qui caché par les rejets du ceriſier, a, dans ſa groſſiere extaſe, contemplé tout à ſon aiſe combien la jambe de Perrette eſt mignonne & fine.

Perrette le voit, rougit d'être vue, ſe hâte de deſcendre à travers les rameaux, comme lui d'avancer à travers les rejettons. Perrette, ſans géométrie, calcule fort bien qu'il faut être en bas avant que l'heureux manant arrive au pied de l'arbre, & que la perpendiculaire eſt de toutes les lignes, en pareil cas, la plus perfide à la pudeur. Sa retraite ſe précipite en proportion de ſa crainte. Mais une branche ſe briſe... Perrette tombe. Dieu!... s'eſt-elle bleſſée?... Non, grace à l'Amour, & au jupon de callemandre. Il s'accroche à la branche caſſée & ſalutaire, Perrette eſt ſuſpendue; la pudeur même eſt cauſe de ce qui fait le plus rougir la pudeur. L'amant jouit. Le ſecours qu'il apporte fait oublier ſa témérité ; & tout ce que la nudité involontaire donne de volupté & de deſirs, contraſte, en un moment, avec tout ce que le péril de la beauté a d'intéreſſant & de terrible. Que les payſans ſont heureux !

P. S. Si je faiſois un conte, je pourrois le rendre piquant. De tous les dénouements, le plus heureux auroit encore ici toute la vraiſemblance hiſtorique : mais c'eſt un tableau que je propoſe; &, je me trompe fort, ou cette derniere ſituation en donne un qu'il ſeroit doux d'avoir dans ſon cabinet, & dangereux de placer au pied de ſon lit.

Que Boucher (1) peindroit bien cela!...

(1) Ce vers eſt d'une piece charmante de M. Bernard. Il la dérobe au Public comme toutes les autres qu'il a faites ; & quoiqu'il les liſe à ſes amis, ils ont encore bien de la peine à lui pardonner cette réſerve pouſſée trop loin.

CINQUIEME

CINQUIEME TABLEAU.

LA FORÊT INCENDIÉE.

DANS le pays de Naſſau, entre deux collines d'une hauteur prodigieuſe, & couvertes de forêts antiques comme elles, coule, du nord au midi, un ruiſſeau dont les ondes précipitées fécondent les prairies qui l'environnent.

Je ſuivois un ſentier tracé ſur le ſommet de la colline occidentale, & je découvrois à la fois la colline oppoſée, & le cours du ruiſſeau.

Sur la rive gauche paiſſoient des troupeaux nombreux. Dans le plus creux du vallon, des grouppes de faucheurs & de faneuſes ſommeilloient çà & là ſur les meules nouvellement entaſſées. Un ſeul de ces hommes champêtres veilloit. Il étoit près de ſa compagne, ſous la voûte d'une roche inacceſſible à l'ardeur du jour. Ces amants ſe careſſoient avec la liberté des champs, mais avec la pudeur vraie qui la ſuit. Je les voyois ſans être vu, & j'enviois leur ſort.

Voici le tableau.

D'une main le berger montre à ſa maîtreſſe les troupeaux, dont le laitage les nourrit, & dont la toiſon les habille. De l'autre, il ſoutient un cou voluptueuſement penché vers lui, & non moins beau, pour être un peu hâlé. Les regards de tous deux peignent le calme de leur ame.

Oubliant tout au fond de la vallée ſilencieuſe, ils ne voient pas les flammes qui dévorent, au deſſus de leurs têtes, la forêt dont eſt couvert le ſommet de la colline au pied de laquelle leur grotte eſt creuſée. Des tourbillons de fumée obſcurciſſent déja l'atmoſphere. Les pins réſineux ſervent d'aliment à l'incendie, hâtent ſes progrès; & déja les premieres chaumieres du hameau, où les fenaiſons nouvelles ſont attendues, voient leurs toits s'écrouler dans les cendres.

Un habitant, placé ſur un rocher qui domine tout le vallon, appelle à grands cris, & avec toutes les démonſtrations du déſeſpoir, les faneurs qui dorment, & ces amants qui veillent, & l'entendent encore moins. Que M. Verney n'étoit-il encore à ma place!

SIXIEME TABLEAU.

LE NID DE TOURTERELLES.

Les bocages reprenoient leurs feuilles, & les rameaux fleuris des vergers annonçoient déja l'abondance du prochain automne Les troupeaux quittoient avec joie le fourrage sec des étables, pour l'herbe verte des campagnes. Le souffle du printemps vivifioit les végétaux & les hommes. La chaleur des premiers beaux jours préparoit aux jeunes filles des nuits plus inquietes, dont elles se plaignoient avec plus de volupté que de douleur. Tout tendoit à jouir de la vie, ou à la donner. Les bergers parloient d'amour, & les oiseaux faisoient leurs nids.

Lizéa, jeune & fraîche Champenoise des bords de l'Aube, mignature de la beauté guerriere qui illustra ces contrées, Lizéa connoissoit un nid de tourterelles blanches comme elle, mais pas plus tendres.

Elle étoit dans cet âge où les yeux d'une fille donnent au jeune homme qui la rencontre, de ſi vives leçons d'un ſentiment qu'elle ignore encore elle-même. Notre oiſeleuſe avoït quïnze ans, & l'on ſait tout le prix qu'un nid peut avoir à cet âge.

A peine le ſoleil levant doroit les toits de Bar-ſur-Aube, que, tous les jours, Lizéa couroit dans la vallée viſiter le tendre dépôt dont elle avoit connoiſſance. L'arbre qui le receloit, adoſſé au penchant de la colline, permettoit à la jolie villageoiſe, en prenant le deſſus du côteau, d'atteindre ſans peine aux rameaux où le nid étoit poſé.

C'eſt là que les roucoulements des tourterelles rappelloient à Lizéa les ſoupirs de la nuit. C'eſt là que les ſoins de ces oiſeaux pour leurs œufs lui faiſoient preſſentir la douceur d'être mere, & que l'enlacement de leurs becs la faiſoit reſſouvenir des baiſers demandés, & quelquefois obtenus par le fils d'un fermier du voiſinage.

Lizéa n'attend plus que le jour où les œufs doivent éclore. Peut-être le ſont-ils d'hier au ſoir, peut-être de la nuit, ou de ce beau matin qui déja réveille la fille vigilante.

L'aurore ſe leve; Lizéa ſe leve avec elle. La voilà en chemin. Son teint ſemble ſe nettoyer encore aux vapeurs matinales, à l'air pur qu'elle respire dans la vallée. Plus fraîche que les fleurs qu'elle rencontre, & qu'un intérêt plus pressant ne lui permet pas même de cueillir; plus jolie, plus gaie que le printemps; elle ne marche pas, elle vole.

Son tablier rattaché sur ses hanches, ni trop, ni trop peu sorties, recele le grain dérobé à la grange du papa, pour fournir aux pauvres oiseaux une pâture plus assurée & plus prochaine; & le tablier retroussé ne laisse plus battre que le plus court jupon sur les plus jolies jambes du monde.

Lizéa approche. Elle gravit le côteau. Heureux qui d'en haut peut lui tendre la main! Heureux même qui reste en bas, & ne fait que la regarder! Elle atteint la cime, rougie d'aise, plus que de fatigue. Le cœur lui bat, agité du plus doux pressentiment. Elle est à l'arbre.... Ciel!... croyez encore aux trompeurs espoirs!..... Chaque feuille est couverte d'une plume de ces oiseaux qui n'y roucouleront plus. Le nid est détruit à moitié, & la moitié des œufs brisés se mêle à la gomme des boutons, où les fruits se cachent encore.

A cet aſpect, Lizéa défaillante tombe ſans voix ſur la pelouſe humide de roſée. A travers ſes beaux yeux fermés s'échappent de groſſes larmes qui baignent ſes joues, & vont ſe perdre dans les longs cheveux déroulés ſur le ſein de la belle pleureuſe.

Qu'elle eſt heureuſe encore de fermer les yeux! Elle ne voit pas, au moins, ce qui combleroit ſon déſeſpoir. Elle n'a pas, au moins, l'horreur de voir ſa tourterelle enſanglantée & ſe débattant encore ſur un arbre voiſin entre les ſerres de l'épervier qui l'a ravie.

Mais auſſi Lizéa verroit ce jeune laboureur qu'elle aime, & dont l'arc tendu s'apprête à la venger. Puiſſe l'Amour diriger ſes coups!

SEPTIEME TABLEAU.

Pour servir de pendant à celui qui précede.

LES TOURTERELLES VENGÉES.

Lizéa revenue à elle, trop occupée de sa douleur pour l'être du désordre de sa parure, regagnoit son toit rustique, les yeux encore noyés de larmes, croyant tout perdu pour elle, & sans avoir vu son vengeur, qui ne l'avoit pas apperçue lui-même.

Mais du sommet du côteau où il est encore, le jeune homme voit Lizéa dans le vallon, & se précipite. Fier de sa proie, il vole. Au bruit de ses pas rapides, la triste pastourelle, sortant de sa rêverie douloureuse, tourne la tête & trouve à ses pieds son amant, le vautour barbare traversé d'une fleche mortelle, la colombe palpitante & souillant de son sang l'argent de son plumage, le reste des œufs conservés, & que la tourterelle, bientôt guérie par les baisers de Lizéa, pourra couver encore.

Et la compagne, direz-vous ? car une

tourterelle pourroit elle vivre ſans une autre? Fiez-vous à l'Amour pour la rappeller. Déja au battement des ailes de la colombe ſauvée, & s'apprivoiſant ſur le ſein de ſa protectrice, l'autre a quitté l'arbre où elle gémiſſoit. La voyez-vous, dans ſon vol circulaire & rapide, paſſer cent & cent fois ſur la tête de Lizéa, qui l'appelle? Chaque coup d'aile la rapproche. Au milieu des airs elle n'eſt pas libre, puiſqu'elle eſt ſéparée de ce qu'elle aime. Sa compagne bleſſée l'invite; le berger & la bergere l'épouvantent; mais reconnoiſſant en eux deux amants, l'inſtinct lui dit qu'elle n'a rien à craindre: ſon vol ſe ralentit. Elle s'abat enfin; & c'eſt ſur le ſein de Lizéa qu'elle ſe repoſe & ſe raſſure.

Moi voyageur, ſéparé par le cours de l'Aube des acteurs de cette ſcene attendriſſante, je regrettois de ne pas ſavoir peindre, & j'invite M. Greuſe à m'en conſoler.

HUITIEME TABLEAU.

LES GRENADIERS FRANÇOIS.

Un affreux incendie consuma plusieurs maisons de Nancy en 1766. Le fléau étoit d'autant plus rapide & plus terrible, qu'il attaquoit des maisons du peuple, où l'indigence avoit presque par-tout substitué le bois à la pierre.

Un vent très violent hâtoit encore les progrès du désastre. Les flammes sortoient par les toits. Toutes les poutres étoient embrasées. Plusieurs pignons déja renversés dans les cendres, annonçoient l'écroulement universel & prochain. Les pompes demeuroient inutiles, malgré leur activité; & ni pompier, ni personne, n'osoit se hasarder davantage sous ces murailles, où l'on n'avoit plus qu'un tombeau à espérer.

Au milieu des cris du désespoir, des hurlements de l'avarice, du désordre d'une populace effrayée, une femme attiroit tous les yeux par le caractere auguste de sa douleur: c'étoit une mere.

La malheureuſe en larmes voyoit les tourbillons de feu s'avancer vers une chambre d'un quatrieme étage, où la frayeur, le tumulte & la fatalité trompant ſa tendreſſe, lui avoient fait abandonner dans leurs berceaux, deux enfants qu'elle n'aimoit que davantage pour n'avoir pas de pain à leur donner.

A genoux, les mains au ciel, la mort au cœur, les yeux fixés ſur les flammes qui gagnent ſans ceſſe, & la brûlent ſans la toucher, elle déſigne l'endroit, invoque du ſecours, & n'excite qu'une pitié vaine, que la terreur & le danger glacent auſſi-tôt.

Le Régiment du Roi, infanterie, étoit en garniſon dans la ville. Deux grenadiers s'avancent. Ils s'intruiſent, de la mere même, des iſſues de la chambre où ſont dépoſés ces infortunés. Inſtruits, c'eſt ſur les poutres brûlantes qu'ils volent à une gloire auſſi vraie, & peut-être plus douce, que celle qui leur eſt déja connue.

Soudain ils diſparoiſſent dans les nuages de fumée qui s'élevent. A peine ſont-ils entrés que la moitié de la maiſon croule. La mere tombe, & croit tout perdu . . . . . Les mêmes braves reparoiſſent, leurs vêtements demi-brûlés, leurs cheveux roussis jusqu'aux racines, & rendant chacun un enfant à cette mere, qui s'éveille aux acclamations du peuple, au bruit de l'édifice qui s'abîme en entier, & à la vue de ses libérateurs.

P. S. Ce trait historique fournit un tableau sublime, à mon gré, & mérite d'être immortalisé par les Arts. Ils n'étendront jamais vraiment leur sphere qu'en se consacrant à illustrer la vertu.

Le moyen de multiplier les belles actions, est de les publier. Le premier secret de la bonne politique, comme de la saine philosophie, est de faire concourir l'amour propre au bien de l'humanité. Avec des statues & des échafauds, ou peut tout faire. Je me plais même à croire que dans l'Etat où les statues ne seront ni avilies par leurs modeles, ni refusées à ceux qui en sont dignes, les échafauds deviendront superflus.

Les touches mâles & prononcées de M. Doyen sont dignes du tableau que je propose. Le sujet lui fournit tout ce que le terrible a de pittoresque, sans que ce terrible ait rien de l'atrocité qui révolte dans pluſieurs des morceaux les plus eſtimés en ce genre. La peinture, faite pour charmer les yeux, doit leur offrir les images douces ou fortes qu'ils peuvent tranſmettre à l'ame, mais jamais ces objets de dégoûts, chefs-d'œuvre dont la perfection même force la vue à ſe détourner avec horreur, & trop vîte pour admirer.

Ce que je demande à M. Doyen, ſi ſon ame, fortement émue par ce récit, le diſpoſe à ſaiſir ſes pinceaux, c'eſt de mettre au bas du tableau le nom des deux grenadiers. Ils ont été braves & humains. Ces qualités réunies donnent tous les droits à l'immortalité.

L'un ſe nomme Hiacinthe, du village de Bain en Franche-Comté; l'autre s'appelle Tranquille, du bourg de Vandœuvre en Champagne.

Je retiens de plus les deux premieres épreuves de la gravure du tableau, s'il a lieu. Je les deſtine aux cheminées des cabanes où nos deux ſoldats ſont nés. Je veux que leur vue invite les freres à en faire autant. Ce n'eſt pas ſans regret que je ſonge ici que cet exemple eſt perdu pour les enfants qui pourroient naître d'un ſang ſi pur. Nos grenadiers vigoureux ne peuvent ſe marier en France, & ſont ainſi condamnés à ne jamais rendre leurs forces ni leur valeur légitimement héréditaires. Il eſt malheureux que cette Ordonnance ſoit crue fondée ſur des raiſons. Seroit-il impoſſible d'y répondre? Non. Mais ce n'eſt pas ici qu'il le faut.

NEUVIEME TABLEAU.

LE LABOUREUR GÉNÉREUX.

Je viens de publier une belle action, dont deux François sont les auteurs. L'amour patriotique a doublé mon plaisir. Mais les belles actions sont de tous les pays. Les gens de bien ne font qu'une nation, & la vertu me rend cosmopolite. Transportons-nous en Italie, pour voir une scene nouvelle, & non moins intéressante, pour nous être étrangere. Ses accessoires fournissent encore à la Peinture le plus beau champ pour déployer ses couleurs, & rendre un hommage nouveau à la générosité & au courage.

L'Adige étoit débordé à la fonte des neiges; ses flots grossis avoient emporté un des trois ponts qu'il traverse dans Vérone: l'arche seule du milieu avoit résisté au torrent. Sur cette arche étoit bâtie une maison, & dans cette maison étoit demeurée une famille entiere, n'attendant plus que la mort.

Un concours immense bordoit le rivage.

Mais le danger devenant perſonnel pour quiconque eût tenté de porter du ſecours, perſonne ne s'empreſſoit d'en donner.

Cependant chaque vague entraîne avec elle un nouveau débris. L'arche iſolée ſe décompoſe. Chaque inſtant fait ſentir à ces malheureux toutes les angoiſſes de la mort dans leurs gradations les plus multipliées.

Quel Peintre ne voit pas ces victimes ſuſpendues au deſſus des flots qui vont les engloutir? là une ſœur baignant de larmes un frere qu'elle aime, ici un vieillard arrachant ſes cheveux blanchis ; & plus loin la mere, déchirant de ſes ongles le ſein qui nourrit l'enfant que ſes bras ſerrent encore ? Que celui qui ne voit pas tous ces objets ſe garde de peindre ; & que celui qui les voit d'un œil ſec s'en garde encore plus.

Au milieu du tumulte, le Comte de Spolverini s'avance, & propoſe une ſomme conſidérable à qui oſera tâcher de conduire un bateau pour recevoir ces infortunés. (Ce n'eſt point là la belle action ; c'en eſt une bonne, & voilà tout). L'offre eſt ſans effet. La rapidité du fleuve, la crainte de ſe briſer contre l'arche même, ou de périr ſous des débris , glacent les courages ; l'effroi fait taire l'avarice.

Un laboureur passe; la foule l'attire; instruit du danger, de l'objet & du prix, il est à l'eau. Les rames, agitées par ses bras nerveux, brisent les vagues ; il est à l'arche. Une corde attachée à la triste demeure, semble une issue facile à ces êtres qui alloient mourir. Tous se précipitent, & la pâleur de la mort quitte leurs visages, avant même que leur salut soit sûr.

Tous ces malheureux retrouvent bientôt des forces pour seconder à leur tour leur libérateur. La crainte du trépas leur ouvre un chemin à la vie. Le fleuve est vaincu, la barque est à bord, & des millions de cris se reproduisent jusqu'aux échos des Alpes.

Alors le Comte s'avance vers l'homme généreux, dont les Historiens qui nous ont transmis ce trait, auroient dû se croire obligés de moins taire le nom que celui du Comte. On offre l'argent à l'homme champêtre. Il le refuse; il ne veut pas d'un salaire aussi fort au dessous du danger qu'il a couru, que le danger est au dessous de la joie de son ame. Il refuse l'argent pour lui, &,

avant

avant de retourner à sa cabane, le voit, à sa demande, distribué à la famille pauvre dont il s'est fait pere.

Combien de fois ce bon homme, ouvrant, au point du jour, un sillon que le Ciel dut féconder, ne s'est-il pas cru, à bon droit, riche de tout l'or qu'il n'avoit pas!

P. S. Ce n'est pas M. Verney qui sera embarrassé de tirer de ceci plus d'un tableau sublime ; & ce n'est pas lui non plus qui manquera de donner la préférence au moment où la barque arrive au pied de l'arche qui s'écroule.

DIXIEME TABLEAU.

LES AMANTS DE LYON.

J'AI fait le procès des tableaux atroces, mais non celui des tableaux tragiques. Je ne me contredis donc pas quand j'en propose un de ce genre. La vue d'un massacre ou d'un tas de pestiférés (je l'ai déja dit) me révolte; celle du poignard enfoncé dans le sein de Zaïre, quoique plus déchirante cent fois, m'attendrit. C'est une suite de ce charme sûr, de cet irrésistible attrait, de cet intérêt victorieux, par qui les amants lieront éternellement tous les hommes à leur sort. Ce sont deux amants vrais que je propose au pinceau d'immortaliser.

Que deux êtres qui s'aiment sont intéressants, grand Dieu! une bienveillance universelle semble établie pour eux dans la nature. Si tout acquiert un prix à leurs yeux par les relations de l'Amour, par ces mêmes relations, tout semble prendre part à leur destinée. On diroit que l'humanité entiere se croit redevable envers eux, quand ils lui donnent l'exemple du plus grand bonheur fait pour elle. Les amants intéressent jusqu'aux malheureux qui n'aiment pas. Un sentiment secret invite ceux-ci à jouir au moins de l'image des plus célestes plaisirs, ou des peines les plus délicieuses de cette courte vie. Ils ressemblent en ceci aux Sybarites de nos cités, qui redoutent la vie des champs, & paient à prix d'or les paysages qui la représentent. Les amants sont à tous les hommes ce que les Grands sont au peuple. Le peuple admire ces êtres traînés dans des chars, parcequ'il les croit des êtres supérieurs; & en cela le peuple se trompe : mais ce peuple & les Grands se réunissent pour voir dans les amants les êtres vraiment élevés à la dignité la plus haute de leur espece ; & en cela les uns & les autres ne se trompent plus. De là cet attrait des Romans, même des mauvais. De là ces larmes qui baignent la scene & nos théâtres. De là cette indulgence pour les fautes que l'amour fait faire. De là cette curiosité active au seul nom d'amour : curiosité universelle, & qui, même quand l'envie l'accompagne, & quand la médisance la suit, prouve encore ce que j'avance.

La France eſt encore étonnée, mais convaincue du fait que je vais rapporter. Il eſt extraordinaire, mais authentique. Des bords du Rhône, qui lui ont ſervi de théâtre, mille voix l'ont reporté dans tous les coins de l'Europe. Il lui eſt arrivé ce qui arrive à toutes les anecdotes ſingulieres; il a été altéré. Chacun, en le racontant, l'a chargé d'épiſodes. On a ſuppléé au manque de mémoire ou d'inſtruction, par des détails factices. Le récit a pris ſucceſſivement des ornements & des défauts, ſelon le caractere de chaque narrateur; enfin le trait hiſtorique s'eſt établi à la longue, ſurchargé de mille circonſtances imaginaires qui l'ont défiguré.

Tout le monde ſait que deux amants ſe ſont eux-mêmes donné la mort auprès de Lyon; mais, ſelon la façon de ſentir de chacun, cette action a été préſentée comme inſenſée ou comme héroïque. Les cœurs froids, qui outrent en dédain, comme les autres en enthouſiaſme, ont dit que l'amant étoit un malhonnête homme & un fou, connu pour tel dès long-temps. Ainſi ils ont à plaiſir déshonoré la mémoire d'un homme vertueux toute ſa vie, d'une trempe d'ame rare, & qui, même dans l'action plus illégale qu'illégitime qui trancha ses jours, conserve encore bien des droits aux larmes de ses contemporains. On sera bien aise de connoître la vérité : la voici.

Tous les titres factices, étrangers, manquent aux héros de notre histoire. Leur naissance étoit obscure, leur fortune plus que médiocre. Les titres vrais, personnels, tenant à l'homme même, ils les avoient tous. Ils étoient beaux, jeunes, tendres & courageux. Ils l'ont prouvé.

Faldoni, Maître d'armes Italien, âgé d'environ trente ans, bien fait de corps, d'une figure charmante, d'un esprit agréable, & plus instruit que ne le sont d'ordinaire les hommes de son état, se blessa la grande artere par un effort. Il se donna un anevrisme (1), jugé mortel par tous les Médecins.

Un amour réciproque le lioit depuis longtemps à la fille de l'Aubergiste de Notre-Dame de Pitié. Cet homme s'appelle Meunier, & sa fille portoit le nom de Thérese. Elle avoit à-peu-près vingt ans, étoit jolie,

(1) Fracture d'artere à laquelle succede une tumeur molle qui obéit au toucher.

pleine d'eſprit, d'un caractere doux, mais ferme & décidé dans ſes réſolutions. L'un & l'autre étoient aimés de tous ceux qui les connoiſſoient. Faldoni, ſur-tout, avoit beaucoup d'amis, tous honnêtes gens, tous hommes de mérite, qui rendoient juſtice au ſien, & avoient pour lui la plus grande eſtime. Il avoit généralement, dans Lyon, la réputation d'un homme de probité, d'eſprit & de courage.

Faldoni ne voulut rien changer dans ſa maniere de vivre; & malgré ſa mort prochaine qu'il n'ignoroit pas, il continua ſes fonctions juſqu'à la fin dans ſa ſalle d'armes. Il refuſa même de ſe retirer chez un ami aiſé, auquel il avoit ſauvé la vie, & qui le preſſoit de prendre chez lui un aſyle pour y paſſer tranquillement le peu de jours qu'il avoit à attendre.

Peu de mois auparavant, cet ami étoit tombé dans le Rhône. Le courant l'emportoit. On connoît la rapidité de ce fleuve; la crue des eaux y ajoutoit encore. Le péril étoit certain pour le malheureux entraîné par les vagues, & pour le téméraire qui oſeroit tenter de le ſecourir. Faldoni ſe promenoit ſur la rive. On l'avertit, il eſt à la nage. Il lutte de force & d'adresse, & toutes ses facultés redoublent à la vue du danger de son ami. Il emploie les moments qu'il met à l'atteindre, à l'instruire de loin. Il lui prescrit la façon dont il doit le saisir quand il sera parvenu à lui, pour qu'ils ne périssent pas tous deux. L'ami profite des leçons. Faldoni s'approche, le saisit, & l'amene à bord. Qu'eût fait de plus Pylade pour Oreste? Que les Grecs n'eussent-ils pas fait pour Faldoni?

Depuis son accident, le pere & la mere de Thérese avoient refusé de la lui donner en mariage, ne voulant pas, disoient-ils, mettre leur fille dans le cas d'être presque aussi-tôt veuve que femme.

On ne peut pas juger les parents de Thérese des monstres sur ce refus; & c'est le jugement qu'on auroit le droit d'en porter, si l'on s'en tenoit aux récits amplifiés de cette aventure. Comme il importe peu de déshonorer un Aubergiste de Lyon & sa femme, pourvu que l'on fasse à Paris une belle histoire dans un grand souper, on n'a pas manqué de dire que ce refus n'avoit été motivé que par une avarice révoltante. On a même souvent omis la circonstance de l'accident mortel de Faldoni ; & d'un pere & d'une mere qui ne ſe croyoient que prudents ſans dureté, on en a fait deux tyrans déteſtables.

Se ſentant encore de la vigueur & des forces, Faldoni vint à douter que ſon état fût ſans reſſource. Pour s'en aſſurer, il alla à Saint-Etienne conſulter un ami Médecin ou Empirique, auquel il avoit de la confiance. On a trouvé dans la poche de Thérefe un billet qu'il lui écrivoit avant ce voyage. Il lui rendoit compte du motif qui le lui faiſoit faire, & lui mandoit que *s'il étoit condamné, ils exécuteroient leur projet.*

On a jugé que ce projet étoit celui qu'ils exécuterent effectivement peu après. La ſanté de Thérefe s'altéroit viſiblement. La fraîcheur avoit abandonné ſes joues, comme la gaieté avoit déſerté de ſon ame. Elle parloit peu, & avoit ſeulement l'air profondément occupé. Avant le retour de Faldoni, on s'eſt rappellé qu'elle en avoit reçu une autre lettre. Ce fut inceſſamment après qu'elle demanda permiſſion à ſa mere d'aller prendre l'air pendant quelques jours, avec ſon frere, à une campagne que le pere avoit affermée.

Cette campagne avoit appartenu aux Jésuites, & il s'y trouvoit une chapelle. Faldoni s'y rendit de son côté. Il paroît qu'ils employerent deux ou trois jours à préparer leur tragique mariage. La fille, pour se débarrasser de son frere, l'avoit renvoyé à Lyon demander à sa mere une médecine pour elle, se plaignant que l'air de la campagne ne rétablissoit point sa santé. Avant que le petit frere fût revenu, la fermiere apporta deux lettres, l'une de Thérese pour sa mere, l'autre de Faldoni pour son ami. L'un & l'autre mandoient qu'au moment où ces lettres parviendroient à leurs adresses, ils auroient cessé de vivre. Tous deux marquoient leurs dernieres dispositions. La Meunier donnoit sa montre & ses bijoux à sa sœur; Faldoni faisoit à son ami le détail de ses dettes, & ils finissoient par les plus vives & les plus touchantes instances pour que leurs corps fussent mis dans le même tombeau.

Sur l'alarme que donnerent ces nouvelles, on accourut, mais trop tard. Après bien d'inutiles recherches, on trouva les deux corps sans vie dans la chapelle. Ils l'avoient parée à cet effet. Eux-mêmes étoient dans une eſpece de parure. La fille étoit en déshabillé blanc avec des rubans blancs & couleur de roſe. De pareils rubans (1) attachoient au poignet du bras droit de chacun d'eux, les piſtolets dont ils ſe ſont entre-tués. Faldoni étoit étendu ſur le côté, ayant ſous lui ſa redingote ſur le marche-pied de l'autel, à main droite. Thérèſe étoit à gauche, mais tombée ſur Faldoni, la tête ſur ſa cuiſſe. On a conclu, de la poſition des deux cadavres, qu'ils étoient à genoux devant l'autel lorſqu'ils lâcherent leurs deux coups en même temps, au ſignal convenu. La fille avoit l'épaule caſſée, & paroiſſoit avoir ſouffert avant de mourir. On jugea que le coup de Faldoni avoit été tiré d'une main tremblante. Celui de ſa maîtreſſe partoit d'une main plus ferme. La route de la balle étoit horizontale, & Faldoni avoit le cœur percé de part en part. Entre eux étoit, au pied de l'autel, un couteau bien affilé.

Le jour même ils avoient dîné enſemble & de bon appétit, ſervis par la fermiere. Après le dîné, ils s'étoient fait apporter de la crême

(1) On a remarqué que tous ces rubans étoient neufs.

qu'ils avoient paru manger avec grand plaisir. Ensuite on les avoit vus se promener plusieurs heures tête à tête dans une allée, sans donner aucun signe d'agitation, mais paroissant causer avec autant de douceur que d'intimité.

En toute cette affaire, la fille semble avoir été l'auteur, le promoteur du projet, & avoir mis à son exécution plus de force & de sang-froid que son amant; ce qui devoit être. Cette remarque est de quelqu'un qui assista à la descente des Juges, & peut-être des Juges eux-mêmes. On débita d'abord que la fille étoit grosse, & que cette catastrophe étoit l'ouvrage de son désespoir. Son corps fut ouvert, & il fut prouvé qu'elle n'étoit point grosse. On a dit que Faldoni étoit un scélérat, qui, par une jalousie Italienne, avoit séduit sa maîtresse, & l'avoit comme forcée à mourir avec lui. On laisse à juger s'il est possible de trouver dans une fille séduite, & qui ne meurt que par complaisance, le sang-froid & la fermeté qu'a montré celle-ci dans toute cette affaire. On a ajouté que son amant avoit commencé, dès Lyon, à éprouver son courage, en lui présentant, sous le nom de poiſon, du ſyrop de capillaire, qu'elle avoit avidement avalé. Une des preuves que ce fait eſt faux, eſt que, s'il étoit vrai, leur projet eût été connu d'avance : or il eſt certain qu'il n'en a pas tranſpiré le moindre doute avant l'exécution : l'ont-ils révélé depuis ?

Le Curé conſulta le grand Vicaire ſur ce qu'il devoit faire des corps. Il lui fut répondu que ce n'étoit pas à lui à être plus ſévere que la Juſtice, & les deux corps furent enterrés dans la même foſſe. On auroit dû rétablir pour eux le tombeau des deux amants, détruit près de Lyon depuis quelques années. Dans les ſiecles héroïques, du temps d'Ariſtide & de Socrate, ils auroient eu des temples ; du nôtre, ils ont penſé être traînés ſur la claie.

Je propoſe à un Peintre de réparer ce que l'on n'a pas fait. Le moment à ſaiſir pour le tableau n'eſt pas douteux. Faldoni & ſa maîtreſſe ſont devant l'autel. Ils s'embraſſent, ſe ſerrent d'une main, tandis que l'autre écarte encore les piſtolets dont on voit les détentes attachées à un même ruban, comme il a été dit. Ils s'embraſſent, & vont mourir ; voilà ce qu'il faut montrer.

Mais pour peindre cela, c'eſt une ame qu'il faut, avant une palette. Il faut ſavoir deſcendre en ſoi, roidir cette ame, & l'interroger; ſe mettre à la place de deux êtres forts, & par conſéquent l'être ſoi-même; ſe confondre avec ces deux êtres capables d'un ſentiment profond & unique, s'aimant, s'étant donnés, trop faits l'un pour l'autre pour ſe ſurvivre, allant mourir, le ſachant, le voulant; il faut placer ſon propre cœur dans la direction du coup qui va partir, pouvoir ſentir l'horreur de mourir & le bien de mourir enſemble. Il faut enfin s'élever à ce degré ſublime, où, même avant la mort, l'ame qui la brave plane en quelque ſorte déja au deſſus de la ſphere qu'elle va quitter.

Ce n'eſt point un exemple à ſuivre que je propoſe d'immortaliſer ici. Toutefois la propoſition ſeroit plus ſinguliere que dangereuſe. Que la Police, à cet égard, s'en repoſe ſur la foibleſſe humaine. C'eſt un trait de force haut & rare que je veux conſacrer, & qui doit l'être. Tout ce qui éleve (ne fût-ce qu'un moment) l'humanité au deſſus d'elle, mérite un hommage de la part du commun des hommes. Et de quel droit le refuſera celui d'entre eux qui ne peut faire ce que l'on vante ? Celui qui s'en reconnoît capable, ne refuſera pas un tribut réverſible à lui-même. C'eſt parceque l'admiration eſt pour l'homme médiocre un aveu tacite de ſa médiocrité, que l'envie eſt ſon partage : c'eſt parcequ'il eſt ſinguliérement doux de ſentir en ſoi le principe de l'action qu'on admire, que louer eſt un plaiſir exquis pour l'homme ſupérieur ; car qui cherchera dans l'homme un ſentiment abſolument étranger à lui, un ſentiment de haine ou d'amour, ſans un retour ſur lui, cherchera long-temps & vainement ; & celui qui de là conclura que l'homme eſt mal né, n'aura donné mauvaiſe opinion que de lui ſeul à tout homme réfléchiſſant.

O vous (diſoit un Anglois) foule de poltrons qui habitez la terre, que l'ombre effarouche, que le grand jour étonne, que le bruit épouvante & que glace le ſilence ; vous à qui le paſſé vaut le remords, le préſent le trouble, l'avenir l'effroi ; vous que la crainte de la douleur fait ſouffrir, & que la douleur accable ; enfants à qui la mort fait peur... à genoux devant l'homme qui ne la craint pas, l'attend, l'appelle, lui commande quand il lui plaît, & à qui elle obéit ſans qu'il s'en plaigne. Qu'a-t-il de commun avec vous qu'un bail indiſſoluble attache à la demeure qui vous ennuie? Quand la ſienne lui déplaît, il la quitte, & c'eſt ainſi qu'il en peut jouir. Les chaînes qui vous garrottent ne le touchent pas; les fers qui vous étreignent, il les briſe. Hommes, que pouvez-vous ſur lui? il a des ailes. O mort! ſi je te craignois, je me tuerois demain!

ONZIEME TABLEAU.

LES ÉPOUX HEUREUX.

Le Vicomte de Morſance avoit épouſé Mademoiſelle de Landêve. Contre l'ordinaire, l'attrait s'étoit joint aux convenances pour cimenter cette union. Ils étoient riches, beaux, tendres, jeunes tous deux, & ils s'aimoient.

A peine quelques mois s'étoient écoulés depuis leur mariage, que la guerre vint à ſe déclarer. Le Vicomte adoroit ſa femme, mais chériſſoit la gloire; & ſa femme l'aimoit aſſez lui-même pour ne pas ſe plaindre de ce partage. Il fut au déſeſpoir de la quitter; mais il partit. Quoique déſolée de ſon départ, Madame de Morſance ne l'aima que plus encore.

Elle étoit groſſe. Que l'on juge de tout ce qu'une inquiétude renaîſſante vint ajouter aux inconvénients de ſon état ! Chaque jour étoit marqué pour elle par un nouvel aſſaut. En vain la correſpondance la plus exacte venoit la calmer, elle ne la raſſuroit

pas.

pas. Un faux bruit la faiſoit frémir. Chaque Gazette frivole avoit acquis le droit de la ſupplicier. Chaque vertu de celui qu'elle aimoit étoit un titre de plus à ſon effroi. Son activité, ſa valeur, ſon zele patriotique lui ſembloient autant de pieges dont elle le voyoit entouré. Dans ces tranſes continuelles, Madame de Morſance mit au jour un ſucceſſeur.

Durant les entretiens qu'elle avoit eus avec ſon mari, dans ces épanchements où deux cœurs bien unis ſe font un devoir de développer tout leur caractere, le Vicomte avoit plus d'une fois parlé à ſa femme du prix qu'il mettoit à ſe rapprocher des inſtitutions de la Nature. De ce nombre il avoit placé le devoir ſacré d'être mere tout-à-fait, & de ne pas gager une marâtre d'emprunt pour le partager. Plus il avoit exprimé ce ſentiment avec réſerve, & plus Madame de Morſance l'avoit adopté avec chaleur. Le Vicomte voyoit dans ce projet l'aſſurance de la ſanté de ſa femme, & cette idée ſeule lui permettoit de compter le triomphe de ſon opinion pour quelque choſe. Enfin Madame de Morſance, ſouffrante, inquiere & déſolée, n'avoit choiſi pour conſolation à ſes maux, dans l'abſence de ſon mari, que les nouveaux ſoins qu'elle venoit de s'impoſer: Elle nourriſſoit elle-même ſon enfant.

Un jour, venant de vaquer à ſes fonctions touchantes, elle étoit étendue ſur un lit de repos dans le coſtume d'une nouvelle accouchée. Dans ce coſtume de mere qui prêteroit un charme intéreſſant à la femme la moins belle, que l'on juge combien étoit belle Madame de Morſance. Ses traits n'étoient altérés que par ce caractere de langueur qui vaut mieux pour l'ame, que la fraîcheur de la ſanté même. Un déſordre voluptueux, & reſpectable à la fois, atteſtoit le devoir auguſte qu'elle venoit de remplir. Le ſein, où l'enfant avoit puiſé la vie, étoit encore découvert. Cet enfant repoſoit ſur un des bras de ſa mere, qui, de l'autre tenoit le portrait du pere, où ſes yeux en larmes cherchoient à trouver une reſſemblance.

A ce moment même, le pere eſt témoin. Il vient d'annoncer une victoire à ſon Roi, &, du palais de ſon maître, il a volé à l'appartement de ſa femme pour jouir & devenir acteur de la ſcene la plus douce à des yeux paternels.

Voilà le moment que je propoſe à un Peintre de ſaiſir, & de rendre (1). Ce que le pinceau ne rendra jamais, c'eſt le bonheur de deux êtres qui s'aiment & ſont unis.

Dieu! quelle volupté que celle qu'autoriſe la vertu! quel raviſſement doit ſuivre les baiſers pris ſur le ſein d'une belle femme qui eſt la nôtre! que d'idées céleſtes doivent ſe mêler alors aux deſirs! qu'il doit reſter de choſes après ces deſirs ſatisfaits! Quand la fievre délicieuſe des ſens s'appaiſe, quel bonheur d'avoir à ſe dire : Je viens d'éprouver des ſenſations divines : la jeuneſſe a raſſemblé ſes tréſors pour me faire jouir ; tels ſont mes plaiſirs actuels, & leurs fruits préparent déja pour moi l'enchantement d'un autre âge. Dans cet autre âge je n'aurai pas moins de plaiſirs ; ſeulement je n'aurai pas les mêmes.

(1) On parloit à M. J. J. Rouſſeau du ſujet de ce tableau ; il ne trouvoit qu'un inconvénient à l'exécution. Qui m'aſſurera, diſoit-il, que ce portrait eſt celui du mari? On lui répondit que le mari ſeroit peint dans le portrait avec le même uniforme qu'on lui verroit dans le tableau. Oh! ajouta notre Philoſophe, ce pourroit bien être encore un Officier du même Régiment.

Mon ame a paſſé ſur mes levres quand j'ai preſſé ma femme dans mes bras; une partie même de mon ame a paſſé dans elle. J'ai dépoſé dans le ſanctuaire de l'Amour pur le gage de mes tendreſſes permiſes. Un lien plus intime nous unit ma femme & moi, & d'elle naîtra un être formé de nous, & appartenant à tous deux. Elle lui donnera la douceur & la beauté. Je lui donnerai la force & le courage. Ma femme ſera mere; je ſerai pere, & nos enfants ſeront vertueux & citoyens.

Délices de l'amour! ſainteté de ſes jouiſſances! voilà ce que vous ſeriez toujours ſans ces conventions barbares qui donnent aux unions d'autre principe que l'attrait, & l'indiſſolubibilité à des nœuds contraints.

DOUZIEME TABLEAU.

LA PUDEUR.

ARTISTE, ferme un moment les yeux; c'eſt ton modele qui te l'ordonne. Laiſſe-lui le temps de ſe voiler pour qu'il reſſemble mieux à lui-même. Crains d'écarter ce voile ſi doux! s'il tomboit, ton modele ne ſeroit plus. Si tu voyois tout, tu n'aurois plus rien à peindre.

Mais il faut le rendre, ce voile enchanté, & ſa magique tranſparence! qu'il cache tout, ſans doute, mais qu'il deſſine tout ce qu'il cache! Quelles vapeurs aériennes formeront tes couleurs? quelles ſeront tes ébauches? d'après quelles études peindras-tu? Ah! qu'une des plumes de l'Amour ſoit ton pinceau! c'eſt le portrait de la pudeur qu'on te demande.

Pour ſaiſir le jour qui doit éclairer ce tableau, attends & imite le plus beau jour de Mai. Dans ce beau jour même, attends encore la nuit plus douce qui le doit ſuivre. Supplie alors les vents d'épurer le ciel; que ſa voûte ſoit nue;

que rien n'altere ſon bel azur au moment où la lune en ſon plein y réfléchira ſes rayons. Pénetre alors ton ame du calme de la Nature. Accoutume tes yeux à ce degré charmant de lumiere, ſi bienfaiſant à la vue, & ſi favorable à la beauté même, qu'il laiſſe moins voir, mais à qui, par l'imagination, il fait plus gagner que l'ombre ne lui fait perdre. Que le coloris de tes images participe du frais que tu reſpireras. Berce ton eſprit des idées les plus careſſantes; imbue ton ame des plus voluptueuſes ſenſations; alors deſſine, & ſois le Peintre de la Pudeur.

Qu'eſt-ce que la Pudeur? l'enchantement du plus doux plaiſir des hommes, & le charme qui, plus que le beſoin même, les invite à ſe reproduire. Ce que le printemps eſt à l'oiſeau qui chante, la Pudeur l'eſt à l'Amour qui ſoupire: ce que la roſée eſt aux fleurs, elle l'eſt au deſir, & à la volupté, ce que les fleurs ſont à la parure.

Que de temples lui devroient tous les hommes! & les ſeuls Athéniens lui en ont élevé! Infortunés ingrats! les autres oublient donc que s'ils ont un droit réel à la prééminence parmi les êtres, ce ſentiment exquis de la pudeur eſt peut-être le ſeul qui indique ce droit & le conſtate. La pudeur, avant la raiſon même, nous diſtingue de la foule des animaux qui nous entourent. Combien parmi eux poſſedent des facultés qui ſembleroient leur aſſigner le ſceptre avant nous!

Homme, eſt-ce ta force qui te fait regarder au deſſous de toi le lion qui rugit quand tu trembles? eſt-ce ta légéreté qui marque ton rang au deſſus du courſier qui bondit, & du cerf qui franchit la plaine? Quand me parois-tu Roi? quand es-tu vraiment un être privilégié de la Nature? c'eſt lorſque, pour preſſer le ſein de ta compagne, je te vois ſeul chercher l'ombre, trouver le bonheur, & me déceler le ſouffle divin qui t'anime: tandis que je vois ces hordes de fauves, de geniſſes laſcives, de luxurieux taureaux au combat; la cavale en chaleur diſtiller le magique hippomane (1); plus loin, s'accoupler devant moi le

(1) Les Anciens le regardoient comme la matiere principale d'un philtre extrêmement puiſſant. Cette opinion étoit ſi accréditée du temps de Juvénal, qu'il n'a pas héſité d'attribuer une grande partie des déſordres de Caligula à une potion que ſa femme lui avoit donné à prendre, & où elle avoit fait entrer un hippomane entier.

porc hérissé & sa compagne fangeuse; ici le coq fêtant, à tous les yeux, ses amours pululantes; par-tout des êtres s'unissant aux regards les uns des autres; des êtres que pousse un instinct physique & grossier, adoptant des spectateurs aux théâtres de leurs plaisirs brutaux, se disputant leurs maîtresses comme leur pâture, & jouissant comme ils mangent.

Peintre, voilà ta leçon. Tends la toile, & dispose tes grouppes. Assemble le chœur des animaux. Place sur un mont éclairé tous ces êtres que l'univers voit jouir; précipite sur eux des flots de lumiere; que l'œil du jour & de la luxure marquent le premier plan ...... Mais dans l'ombre, mais sous une roche isolée, mais à travers les rameaux d'un bois d'épines en fleurs, laisse voir à peine, & soupçonner au plus, une femme le sein à demi-nud, les cheveux déroulés, détournant la tête, baissant les yeux, les voilant encore d'une main, & tendant l'autre, en rougissant, à l'homme qu'elle aime, & qu'elle vient de rendre heureux.

TREIZIEME TABLEAU.

L'INNOCENCE.

Quel marbre aſſez pur pour broyer les couleurs de ce tableau ? de quels métaux précieux les extraire ? ſur quelle palette les étendre? & quel pinceau les emploiera ? C'eſt l'Innocence que je veux peindre. Et d'abord qu'eſt-ce que l'Innocence ? où prendre le modele ? comment l'imiter, s'il ſe rencontre ? La fleur que l'œil du jour ternit, qu'un ſouffle peut briſer, qu'un papillon peut rompre ; celle dont l'éclat s'évapore ſous l'odorat qui la reſpire, & ſous le regard qu'elle invite ; celle-là même eſt moins fragile & plus durable. L'Innocence eſt une ombre charmante dont bien peu de fronts ſont couverts. L'Innocence n'eſt point une vertu ; c'eſt un bonheur. Pour exiſter, il faut qu'elle s'ignore ; ſe connoît-elle, elle n'eſt déja plus. Son deſtin eſt de charmer ſans le ſavoir, d'être trompée ſans s'en défendre, de n'être étonnée que de la ſurpriſe qu'elle cauſe, & même de ne pas ſe douter qu'elle étonne.

L'innocence ne fait pas le bien. Elle ne ſait pas le mal. Le vice peut l'approcher, ſans la mettre en fuite, comme le ſerpent ſiffle ſans épouvanter l'homme qui ſommeille. Mais, hélas ! trop ſouvent le reptile venimeux a piqué l'homme juſte endormi !

Pour l'Innocence, le menſonge eſt un mot dépouillé de ſens. Le germe d'une idée quelconque, analogue à ce mot, n'eſt pas dans ſa tête. Si, quand elle parle, on lui diſoit, Parlez-vous vrai ? & qu'elle comprît, elle ne ſeroit plus elle. Si on lui demandoit : Qu'eſt-ce que la vérité ? elle répondroit : C'eſt ce qu'on dit ; comme ſi on lui demandoit à midi, Qu'eſt-ce que le jour ? elle diroit : C'eſt ce qui luit.

L'Innocence eſt au deſſus de la vertu même. Pour ſonger à être vertueux, il faut n'avoir déja plus d'innocence. La diſcrétion ſeroit pour elle un crime, la prudence un vice, & la pudeur le premier degré de ſa corruption.

Elle rit ſouvent, & peut quelquefois pleurer. La douleur d'autrui fait germer le premier ſentiment pénible dans ſon ame, &, dans ſon eſprit, la premiere idée de l'injuſte.

Croyant tous les êtres bons, elle ne peut trouver équitable qu'un être souffre Le sourire est son habitude. La joie bruyante est pour elle une énigme qu'elle ne se donne pas la peine de deviner. L'aménité est sa sœur. Comme elle est sans projet, elle est sans maintien. Celui que la sensation actuelle lui inspire, est celui qu'elle adopte. Hier folâtre, aujourd'hui mélancolique, mais toujours simple. Il en est de même de son langage : on ne sait pas quel sentiment particulier il exprime; mais on est sûr qu'il exprime un sentiment vrai.

L'air des Capitales la tue. Elle est née dans les campagnes, comme l'Amour. Elle a, comme lui, les hameaux & les bocages pour patrie, les dons de la Nature pour trésors, &, de plus, le doux sommeil en partage. Ses songes tiennent de ses veilles; ils sont purs. Quelquefois ils la trahissent. C'est ce calme des sens que l'Amour souvent sut choisir pour les troubler. C'est dans l'ombre, c'est quand l'Innocence dort & repose, que le premier desir émeut son sein, & que la premiere rougeur vient colorer ses joues. Le rêve dangereux lui rappelle des images qu'elle n'avoit point fixées. Il les enlumine d'un voluptueux vernis. Il attroupe les ſenſations autour de la vierge qui ſommeille. Là, comme autant de Sirenes, elles chantent en chœur pour la ſurprendre. Des ſoupirs inconnus lui échappent. Elle arrête en idée ſes regards ſur ces êtres imaginaires, mais enchantés. Elle a dédaigné les modeles, & priſe les preſtiges. Dans les mêmes objets, enfin, ſes yeux fermés voient des choſes, que ſes yeux ouverts n'avoient point apperçues.

Le ciſeau, le burin, le crayon ont ébauché cent fois cette image céleſte. Ils l'ont défigurée toujours. Tous lui donnent des yeux baiſſés; &, par cela ſeul, changent ſa phyſionomie. Elle ne les baiſſe au contraire jamais. Et pourquoi les baiſſeroit-elle? elle ne ſoupçonne même pas ce qui pourroit les offenſer. L'Artiſte a-t-il pu croire cette allégorie rendue, ces rapports charmants ſaiſis, & le but atteint, quand il n'a ſu produire qu'une figure longue, triſte, froide, décontenancée & ſans caractere.

Rien de plus difficile, ſans doute, que de rendre un être moral ſur le marbre, ſur le cuivre ou ſur la toile. En général même, rien de plus faux que cette prétention & que tous les genres de tableaux allégoriques. Mais au moins cette difficulté devoit-elle faire sentir que les traits d'une figure quelconque ne pouvoient produire cet effet desiré, sans le concours d'une action qui fît ressortir le sens moral & attendu. C'est ce que je propose, & voici comment.

Qui n'a jamais entendu sortir des levres d'une jeune fille un mot licentieux qu'elle seule n'entend pas? qui n'a desiré d'être l'époux de la fille naïve, prononçant, sans en rougir, un mot déshonnête que sa candeur épure? C'est l'indécence même de l'expression qui caractérise alors l'Innocence. Elle la désigne comme l'aimant désigne le fer; & si le pinceau pouvoit rendre, avec les traits de la fille, le mot qui lui est échappé, le portrait de l'innocence seroit fini. Substituons une action à ce mot, la peinture rentre dans tous ses droits, & nous n'avons plus qu'à dresser le chevalet, car le modele est trouvé...

Au pied d'une colline, la commodité d'un courant d'eau vive avoit invité quelques hommes champêtres à édifier là leurs cabanes. Chaque chaumiere avoit son verger, & chaque verger ſa haie d'épines pour le garantir des troupeaux. Cette colonie, peu nombreuſe, étoit pauvre & fortunée ; ſon territoire rétréci, mais cultivé. Les peres avoient tous de la vertu, & tous les enfants de l'innocence.

On étoit en été ; les premieres fenaiſons étoient finies, & déja l'on treſſoit les liens pour nouer le froment en gerbe. Un jour que la chaleur étoit extrême, que les cultivateurs dormoient auprès de leurs outils, que les brebis cherchoient l'ombre, & que dans la prairie les amples geniſſes demeuroient immobiles ſur leurs genoux, une petite fille du hameau vint chercher le frais ſous de grands noyers attenant à la cabane de ſon pere. Treize ans étoient ſon âge. Elle avoit nom Roſe, & ſes joues, la teinte de la fleur qui porte ſon nom. Une chemiſe de toile aſſez groſſiere la couvroit ſeule. Le bas de ſes jambes étoit hâlé par le ſoleil ; mais l'on eût volontiers baiſé la pouſſiere qui couvroit ſes jolis pieds nuds. Ce que l'on voyoit montroit ce que ſa peau étoit devenue ; mais ſi, dans ſa marche, la chemiſe battoit deux doigts plus haut, on découvroit tout ce que cette peau fine devoit être.

Rose avoit ses cheveux noirs comme jai, très imparfaitement rattachés sur sa tête : une partie retomboit en arriere, & pendoit en boucles naturelles ; une autre battoit sur son épaule ; une autre sur sa gorge brune & naissante ; & de temps en temps, elle secouoit la tête pour rejetter ceux qui l'importunoient, en retombant sur son front. Ainsi marchoit, alloit, venoit, & se reposoit notre jolie échevelée.

Un coq ayant caressé une de ses poules dans le verger, Rose se persuada qu'il l'avoit battue, & se mit à le poursuivre. Elle lui donna la chasse jusqu'au bord du petit ruisseau. Un chemin y passoit, & les grands noyers du pere de Rose descendoient jusques-là. Là, le murmure de l'onde lui fit oublier sa colere, & le frais de la rive l'invita à rester. La fatigue de la course ajoutant à la chaleur du jour, Rose eut soif. L'onde étoit pure, Rose voulut se désaltérer. La voilà agenouillée sur le bord du ruisseau. Ces jolis membres, presque nuds, pressent déja la pelouse. Au défaut d'un vase, Rose saisit un brin de paille, en forme un chalumeau, presse une de ses extrémités entre ses levres, trempe l'autre dans l'onde qu'elle aspire, & dans tous ſes mouvements, le voile unique qui la couvre, voltige, ou ſe grouppe, comme il lui plaît, ſans que Roſe s'en embarraſſe. Cependant elle ſe leve au bruit de quelqu'un qui accourt. C'eſt Hyacinthe, petit pâtre qu'elle connoît, & dont le pere habite une cabane à l'autre extrémité du village.

Hyacinthe avoit douze ans; il étoit joli, déja fort, leſte, adroit, brun & doux. Il s'en retournoit gaiement, portant à la main un panier de cериſes ſauvages, mais bien mures, qu'il venoit de cueillir à la forêt. Roſe ne vit pas plutôt les ceriſes, qu'elle eut envie d'en manger; & Hyacinthe n'eut pas plutôt apperçu Roſe, qu'il eut deſſein de partager ſon panier avec elle.

En conſéquence, Hyacinthe, en l'abordant, prend une groſſe poignée de ceriſes dans ſon panier, & en remplit les deux petites mains de Roſe, qui en laiſſe tomber la moitié malgré elle. Si ſes mains étoient petites, ſon appétit étoit grand; de ſorte que Roſe, quoiqu'ayant les mains pleines, convoitoit encore le reſte des fruits. Hyacinthe s'en apperçut. Alors élevant ſon panier par un bout, il ſe diſpoſa à renverſer tout ce qu'il pouvoit contenir de fruits. Roſe à l'inſ-

tant

tant, ne ſachant où mettre toutes ces ceriſes, laiſſa tomber celles que ſes mains avoient ſaiſies, & ſe faiſant un tablier du devant de ſa chemiſe unique, le tendit, & reçut toutes les ceriſes d'Hyacinthe ..... Alors le petit pâtre dit adieu à Roſe, & fut chercher d'autres ceriſes à la forêt. Roſe, de ſon côté, reprit le chemin de ſa cabane, fiere des fruits qu'elle remportoit, & ne ſongeant guere à la fleur qu'elle laiſſoit voir.

P. S. Un Peintre, caché dans une ſauſſaie voiſine, fut témoin de cette derniere ſcene, la peignit, & crut, à bon droit, avoir tracé le tableau de l'Innocence.

QUATORZIEME ET DERNIER TABLEAU.

LA TOMBE.

J'ERROIS dans les montagnes du Montbéliard. Las de les avoir parcourues tout le jour en Soldat, je me délaſſois, en m'y promenant en Philoſophe. Le frais du ſoir réparoit les forces de mon corps, & de douces rêveries venoient me diſtraire des calculs arides qui m'avoient occupé le long du jour.

L'eſprit content d'avoir rempli ma tâche, l'ame ſatisfaite de n'avoir rien épargné pour la bien remplir, libre des inquiétudes que laiſſe une beſogne négligée, je ſuivois ſeul les bords de l'Alaine (1). Je jouiſſois des payſages, après avoir cherché des champs de bataille.

Je voyois le revers des collines orné de loin en loin par les cabanes de bons Anabaptiſtes révérés dans tout le canton. Je me rappellois, avec un ſentiment tout-à-

(1) Petite riviere de ces cantons.

fait doux, le bien que j'avois entendu dire de cette ſecte paiſible, & celui que ma propre expérience m'autoriſoit à en penſer. Mon ame étoit réjouie à l'aſpect de ces vallons que je ſavois cultivés par des mains vertueuſes. Cette idée me faiſoit jouir de leur abondance, comme ſi j'en euſſe dû partager les récoltes.

Là, je voyois la Nature ſeconder les travaux du cultivateur. Plus loin l'aridité du ſol étoit vaincue par l'induſtrie. J'admirois l'économie des eaux, multipliant en quelque ſorte leur volume, & conſéquemment la fécondité qu'elles procurent. Jamais un pré ſans coupures qui l'arroſent. Jamais un moulin mu par un courant, ſans qu'au deſſous de la roue, ce courant, ſoudain raſſemblé, ne fût conduit par l'art pour faire tourner un autre moulin à vingt pas. Par-tout des chûtes ménagées, au défaut d'une maſſe plus conſidérable. Par-tout des décorations agreſtes & charmantes, & jamais une décoration ſans un but d'utilité.

Je me trouvois heureux de reſpirer un moment l'air de ces vallées. Je ne voyois pas un champ ſans me ſouvenir que tous les propriétaires des champs affermés aux Anabaptiſtes, voient, au renouvellement des baux, les augmentations fixées par le fermier même, & trouvent, dans cette coutume, la ſource aſſurée de leurs richeſſes. J'errois ſans crainte, & avec volupté, dans ces déſerts, où jamais un voyageur n'a paſſé une ſeconde fois ſans négliger ſes armes, & ſans avoir à remercier des hôtes, que ſa délicateſſe ſeule l'empêche de laiſſer encore les arbitres de leur ſalaire.

A l'aſpect de ces honnêtes gens, de leurs barbes vénérables, & de leurs habits ſans boutons (1), je m'écriois du fond de mon cœur: „ O bons Anabaptiſtes! puiſque ſans les lu„ mieres divines qui vous manquent, puiſque „ ſans révélation, puiſque ſans Prêtres, vous „ faites tant de bien..... que ne feriez„ vous pas ſi vous en aviez „!

En prononçant ces mots, je me trouvai dans un des endroits les plus écartés & les plus ſilencieux de la montagne. Il étoit l'heure où les troupeaux prévoyants ſe hâtent de regagner l'étable pour éviter la roſée dangereuſe

(1) Les Anabaptiſtes ne portent ni boutons à leurs habits, ni boucles à leurs ſouliers.

des premieres nuits de Mai. Je n'oublierai de ma vie le tableau qu'il m'étoit réſervé de voir, & que mon ame étoit ſi bien diſpoſée à ſentir.

A vingt pas d'une cabane, j'apperçois une fille de douze ans, embellie de tout ce que la ſanté a de fraîcheur, de tout ce que la pureté de l'ame donne de douceur à la phyſionomie, & de tout ce que la propreté donne de graces à une parure ſimple. Elle étoit aſſiſe au penchant de la colline, tenant ſur ſes genoux un enfant que la même année avoit vu naître. Mes yeux ne pouvoient ſe détacher de ces deux intéreſſantes créatures.

Cependant le bêlement des troupeaux de la cabane vient m'arracher à ma douce extaſe. A ce bruit, je vois briller dans les traits de l'enfant à la mamelle une vivacité, une éloquence, un nouveau caractere de vie qui me charme autant que j'ai de peine à me rendre compte de ſon principe. Je regarde, & je vois, au moment même où le troupeau gagne, ſans conducteur, le chemin de la bergerie, une chevre, traînant ſes mamelles bien pleines, ſe détacher & accourir vers l'enfant qui lui rend ſes bras, & dont les yeux s'animent enc[illegible].

Auſſi-tôt la jolie ſœur renverſe ſu[illegible]

tits genoux le joli petit frere qu'elle eſt ſi fiere de porter. La chevre avance avec une adreſſe faite pour être enviée par une mere. Elle leve doucement un de ſes pieds fourchus, & enjambe ſur l'enfant pour faciliter à ſes levres la priſe du pis nourricier qu'il attend. Oh comme alors je deſirai tous mes amis! Que n'étoient-ils là! qu'ils auroient eu de plaiſir! Ils auroient vu les petits doigts de l'enfant s'attacher au long poil de la nourrice champêtre! ils l'auroient vu ſe procurer, par ce point d'appui, une reſſource de plus à ſon appétit & à ſes beſoins! ils auroient vu l'expreſſion ſi tendre des yeux de la ſœur attentive, & combien le caractere que la Nature daigne imprimer ſur le front même des animaux, étoit auguſte & prononcé ſur celui de cette chevre, dont tant de nourrices mercenaires & de meres qui les gagent, devroient rougir!

A ce ſpectacle, mon cœur nageoit dans une ſenſation plus douce que la joie, plus délicate que le plaiſir, mais délicieuſe comme la volupté que la vertu approuve.

Je ſentois cependant quelque choſe de triſte ſe mêler ſecretement à ma jouiſſance. Ma poitrine ſe gonfloit malgré moi. Dans les yeux de la jolie ſœur, un caractere de douleur ſembloit juſtifier mon trouble involontaire. Je ne m'attendriſſois pas ſur les ſoins de la chevre, ſans faire un reproche tacite à la mere abſente. Je l'accuſois d'un crime que les mœurs des Anabaptiſtes me ſembloient rendre plus inexcuſable... Tout-à-coup, diſtrait par des ſanglots qui ſe font paſſage, je me retourne... & je vois, à dix pas, un malheureux homme, jeune encore, beau, & fondant en larmes ſur une pierre dreſſée près d'une haie d'épine. J'approche, je l'interroge,& il me dit : » Je ſuis pere de ces deux » enfants.Le plus jeune eſt né il y a ſix mois... » la femme qui l'a mis au jour étoit la mienne. » Ah! Monſieur! elle eſt morte! & cette pierre » la couvre «.

P. S. Il exiſte un tableau du Pouſſin, auquel celui-ci eſt fait pour ſervir de pendant.

Une foule de bergers Arcadiens danſent ſous les ombrages délicieux qui environnent leur hameau. Tous les détails du payſage annoncent le printemps dans ſon plus beau jour. Tous les fronts peignent l'amour, la joie & l'innocence. L'œil ne s'arrête que pour recueillir une idée champêtre, & porter à l'ame le ſentiment d'une gaieté douce.

Cependant, à travers les branches touffues d'un buiſſon écarté, l'obſervateur découvre les veſtiges d'un monument. Attentif & ſurpris, il quitte les danſes folâtres, s'approche du bocage religieux, & trouve un tombeau avec ces mots gravés : *Et moi je vivois auſſi dans la délicieuſe Arcadie.* Alors il reporte ſes yeux ſur le bal ruſtique. Il les fixe un moment ſur ces êtres pleins d'une vie que l'innocence rend fortunée, & que ſi peu de temps peut détruire. Puis il les ramene ſoudain, mais mouillés de pleurs, ſur cette urne funebre qu'il ne peut plus quitter.

HISTOIRE

DE

MADEMOISELLE DE SYANE

ET DU

COMTE DE MARCY.

HISTOIRE

DE MADEMOISELLE DE SYANE ET DU COMTE DE MARCY.

MADEMOISELLE DE SYANE étoit née aſſez belle pour pouvoir ſe paſſer d'une dot, & elle en avoit une. La nobleſſe de ſes traits eût ſeule révélé ſa naiſſance, & elle étoit fille de condition.

Si quelque choſe ſurprenoit plus que ſa beauté, c'étoit cette grace irréſiſtible, que l'on ne vit jamais, comme chez elle, réunie à la régularité des traits. Elle marchoit comme une nymphe, ſe préſentoit comme une divinité, & plaiſoit comme une bergere.

Il ſembloit que le ciel eût exprès formé la douceur de ſa voix pour qu'il y eût quelque choſe, dans la nature, parfaitement d'accord avec la douceur de ſes yeux. Quand elle parloit, on croyoit entendre de la muſique. On étoit ravi quand elle daignoit chanter; & elle le vouloit toutes les fois que l'on témoignoit une envie de l'entendre.

On n'a point vu de cheveux comme les ſiens. Leur couleur étoit celle que l'on eût choiſie, ſi l'on eût prévu, mieux que la Nature même, ce qui pouvoit le mieux aſſortir à cette figure charmante. Ces cheveux étoient ſeuls dignes de ſe dérouler ſur la belle taille où ils battoient, & juſqu'aux jolis pieds où ils pouvoient atteindre.

Mademoiſelle de Syane les laiſſoit ſouvent épars. Libres ainſi, ils devenoient des chaînes où l'on ſe prenoit d'autant mieux que Mademoiſelle de Syane ne ſongeoit point à faire des eſclaves.

Toutes les femmes, à qui la perfection d'un charme particulier avoit fait une réputation, étoient humiliées, lorſque, dans la comparaiſon, la pomme reſtoit à Mademoiſelle de Syane pour les détails, comme pour l'enſemble. Mais le comble de l'éloge, mais ce qui feroit croire que Mademoiſelle de Syane étoit quelque choſe de plus qu'une mortelle, c'eſt que dans toutes ces comparaiſons à ſon avantage, c'étoit avec une modeſtie ſi vraie, c'étoit avec une grace ſi naïve qu'elle jouiſſoit de ſes victoires, que la jalouſie même des femmes ſes rivales ne pouvoit les déterminer à la haine.

Avec tant de charmes, ſa phyſionomie n'étoit pas gaie. Qui diroit qu'elle étoit triſte, prononceroit un affreux blaſphême. Une ſenſibilité profonde avoit caractériſé tous ſes traits. Chaque fibre de ce beau viſage ſembloit conſacrée à l'expreſſion de l'affection la plus tendre. Non, ce n'étoit point de la triſteſſe qu'annonçoient de ſi beaux yeux; mais il eſt sûr qu'en la voyant, on ne ſe défendoit pas plus de l'aimer, que d'une appréhenſion de quelque malheur pour elle.

De cette teinte mélancolique, & de l'appréhenſion qu'elle faiſoit naître pour Mademoiſelle de Syane, réſultoit auſſi, en ſa faveur, un intérêt plus intime & plus univerſel. Il ſembloit que chacun ſe crût obligé de veiller de plus près autour de cet être précieux, pour en écarter tout ce qui pouvoit le menacer au monde.

Mademoiſelle de Syane étoit rêveuſe quand

elle étoit ſeule. Elle rioit peu la premiere. Ce qu'elle excitoit étoit quelque choſe de bien mieux que la joie. Mais ſi elle ne l'excitoit pas, elle étoit loin de la bannir. Au premier rire d'un autre, les premieres traces du ſourire épanouiſſoient, par degrés, ce viſage céleſte ; & quand elle venoit à ſourire tout-à-fait à ſon tour, il eſt certain que c'étoit les cieux que l'on voyoit ouverts.

On ſe diſoit: A qui donc a reſſemblé la Princeſſe de Clêves, ſi ce n'eſt pas à Mademoiſelle de Syane qu'elle reſſembloit? Enfin, ſi l'on veut prendre le mot *Roman* dans la plus avantageuſe de toutes ſes acceptions, on oſera dire alors que Mademoiſelle de Syane avoit quelque choſe de romaneſque dans la figure.

Eh! quel attrait de plus pour les têtes vives, pour les ames brûlantes, telles, par exemple, qu'en avoit une le Comte de Marcy, qui, pour la premiere fois, rencontra Mademoiſelle de Syane, quand l'âge de ſeize ans déparoit ſeul tous ſes charmes!

Le Comte avoit alors lui-même vingt-deux ans. Il étoit Capitaine de cavalerie. Son Régiment étoit en garniſon à Bourdeaux, & Mademoiſelle de Syane, pendant l'été, habitoit avec ſa mere une terre du voiſinage. Les Officiers du Régiment du Comte donnerent un bal à la ville. Mademoiſelle de Syane y vint. Le Comte la vit. Le vœu de ſon cœur fut fixé, & Mademoiſelle de Syane s'apperçut que juſques-là ſon cœur n'avoit encore formé aucun vœu.

Diſons un mot du caractere & de la figure de M. de Marcy.

Il n'étoit point beau; mais ſon viſage avoit ſinguliérement la faculté d'exprimer tout ce qu'éprouvoit ſon ame. Comme cette ame étoit naturellement douce, il en réſultoit dans les traits un caractere d'aménité que la beauté ne remplace pas, quand elle n'y eſt pas réunie. Comme cette ame étoit auſſi ſuſceptible des impreſſions les plus fortes & les plus hautes, le front du Comte étoit encore armé d'un caractere d'énergie & de nobleſſe qui rendoit ſa figure préférable à mille autres cent fois plus belles.

Il poſſédoit l'avantage, précieux pour un homme, d'une taille ſinguliérement bien priſe, & plus ſouple encore que réguliere. De l'attache parfaite de tous ſes membres réſultoit en lui une aptitude univerſelle aux exercices : l'habitude, réunie à un goût vif & à la nature, avoit achevé de l'y rendre tout-à-fait ſupérieur.

Il n'avoit pas un vice, mais beaucoup de défauts. Il les diſoit hautement à la vérité, & y joignoit mille bonnes qualités, dont il ne ſe doutoit pas. Son goût pour les exercices & ſes ſuccès en ce genre ſe joignoient à la tournure de ſon eſprit pour donner à toutes ſes actions un vernis de la Chevalerie ancienne. La galanterie la plus noble préſidoit à ſes manieres comme à ſa parure. Son caractere, dans la ſociété, étoit de ne trouver de difficulté à rien, ſur-tout quand une femme deſiroit quelque choſe. Un de ſes talents étoit de faire naître par tout des occaſions de plaiſirs, & ſon art dominant, de donner à tout un air de fête.

N'importe où Mademoiſelle de Syane & le Comte ſe fuſſent rencontrés, leurs cœurs les euſſent avertis qu'ils étoient faits l'un pour l'autre. Que l'on juge combien cet attrait, fortifié des circonſtances les plus piquantes, dut hâter l'incendie de ces deux ames combuſtibles.

Il ſembloit que la vanité, l'ivreſſe des jeux, le charme agiſſant de la plus belle ſaiſon

ſaiſon & du plus beau des climats, ſe réuniſſent à l'amour pour le faire triompher. Le Comte, plus inventif depuis qu'il étoit amant, ſembloit tenir de l'Amour même une baguette magique. Chaque jour voyoit éclorre un nouveau ſpectacle. Tout le monde en jouiſſoit, & chaque ſpectateur n'étoit qu'un écho de plus, répétant : Il faut unir le Comte de Marcy & Mademoiſelle de Syane. Leurs noces étoient preſque le vœu de la ville & de la province, comme celui de leur cœur.

Le goût des fêtes étoit devenu épidémique à Bourdeaux. Il s'étoit établi une rivalité dans l'ordonnance des repas & des bals. Tous les ſoupers étoient des feſtins, moins pour la profuſion que pour l'élégance. Les maîtres de maiſon, jaloux de mériter une diſtinction dans l'éloge des convives, ſavoient bien qu'ils ne réuſſiroient pas à l'obtenir ſi le Comte n'étoit, au moins par ſes conſeils, l'intendant de la fête. Le Comte étoit conſulté de tous.

On ſavoit encore mieux qu'il ne pouvoit y avoir de fête ſans Mademoiſelle de Syane. Par-tout Mademoiſelle de Syane étoit invitée. Par-tout une place ſembloit de droit réſervée, près d'elle, au Comte de Marcy. La bonne compagnie ſe demandoit à Bourdeaux : Où ſoupe-t-on ce ſoir ? cela vouloit dire : Où ſoupent ce ſoir Mademoiſelle de Syane & le Comte de Marcy ? & les jours où ce couple adoré ne ſoupoit ni au Gouvernement, ni à l'Intendance, il falloit que M. l'Intendant & M. le Gouverneur s'abonnaſſent à aller ſouper en ville, ou à ſouper avec leurs Secrétaires.

Eſt-il au monde deux têtes, l'une de ſeize, & l'autre de vingt-deux ans, qui ne tournaſſent pas à pareille épreuve. Auſſi tournerent les deux nôtres d'ivreſſe & d'amour. Il en tourna même une troiſieme, quoique plus mûre. Ce fut celle de Madame de Syane, la meilleure & la plus foible des femmes, comme on le verra. Elle ne put tenir aux ſuccès de ſa fille. Croyant que le Comte y contribuoit encore, elle étendit ſi loin ſa reconnoiſſance envers lui, que l'on douta lequel des deux elle aimoit davantage. Quelques malins Bourdelois alloient même juſqu'à croire que ſi le Comte eût voulu, cette reconnoiſſance eût pu devenir exceſſive.

Dans cette continuité de plaiſirs, dans cet enchaînement de félicités, tout ſembloit aſſurer que celle du Comte & de Mademoiſelle de Syane ſeroit bientôt entiere. Les deux jeunes gens, épris l'un de l'autre avec tout le feu de leur âge, Mademoiſelle de Syane ne dépendant que d'une mere qui finiſſoit par dépendre du Comte, le Comte, preſque ſon maître, étant devenu tout-à-fait celui d'un vieil oncle, Commandeur, ſon tuteur, dont il avoit eu le talent de faire le ſeul Commandeur doux qui ait jamais paru dans l'Ordre de Malthe, une convenance parfaite du côté de la naiſſance, de l'égalité dans les fortunes, tout annonçoit que la fête, qui couronneroit toutes les autres à Bourdeaux, étoit prochaine.

Il falloit bien quelque choſe d'humain dans l'hiſtoire de Mademoiſelle de Syane pour la rendre vraiſemblable. Le ſoin de la rendre telle par le malheur, étoit réſervé à un Prêtre méchant, & à un Gaſcon le plus faux, le plus fou, & le plus vil de tous les hommes, après ce vilain Prêtre, nommé l'Abbé d'Outreviel.

C'étoit un frere de Madame de Syane, Abbé Commendataire d'une groſſe Abbaye, dans un des meilleurs cantons des vignobles de la Guyenne. Jamais à ſa table l'on ne buvoit une bouteille du vin du crû que quand il dînoit ſeul; mais alors on en buvoit deux. M. l'Abbé avoit beaucoup du chat dans l'œil, & bien plus dans l'ame; car on dit le chat le plus traître des animaux. Son regard étoit louche & divergent. Il avoit preſque autant de bile ſur le viſage que dans le cœur. Le miel ou l'abſinthe étoit ſur ſa langue, ſelon qu'il parloit en arriere ou en face. Il étoit ſi prodigue de courbettes, qu'il ſaluoit en entrant dans une chambre où il n'y avoit perſonne. Bas valet auprès de tous ceux qui en avoient plus d'un, il ne parloit aux ſiens que par ſignes, de peur de ſe compromettre. Le mot *caſard* a été inventé pour déſigner ſon maintien ; & celui d'hypocrite laiſſe bien loin de ſon caractere. C'étoit, à-coup-sûr, un des bigots crapuleux les plus parfaits qui aient jamais exiſté. Jouant d'ailleurs tous les jeux plus que bien; coupant à table, connoiſſant par merveille les bons morceaux, & ſe ſervant par fois de cette érudition pour tromper les convives à ſon profit. Il en étoit venu à perſuader à ſa pauvre ſœur , gourmande pourtant, que la cervelle de bécaſſe étoit le morceau du gourmet : en conſéquence, il ne manquoit jamais de lui ſervir les têtes, & de garder les croupions, garnis de leurs rôties. Il eſt pourtant un moyen de l'aſſimiler à de grands hommes; le Cardinal de Richelieu ne fut pas ennemi plus implacable, le Cardinal d'Oſſat ne fut ni plus fin, ni plus patient, & Séneque ne guetta pas plus conſtamment les moribonds prêts à teſter.

On ſe doute bien qu'un tel Directeur étoit dangereux auprès de la facile Madame de Syane, fort impoſant pour elle, très à charge à ſa fille, & odieux au Comte de Marcy. Une des qualités de celui-ci n'étoit pas la patience. Le défaut parfaitement contraire pourroit même être mis à la tête de ceux que nous avons annoncés. Il eſt vrai que ſon emportement (car c'eſt le mot) n'étoit jamais mis en jeu que par la vue d'une action malhonnête; mais alors cet emportement étoit exceſſif. Dès qu'il avoit dévoilé un être mépriſable, il ne connoiſſoit plus de quartier. Il l'attaquoit par-tout, mais partout à force ouverte; il le pourſuivoit ſans relâche, & il falloit que le triple maſque d'un flatteur, d'un cagot, ou d'un méchant quelconque, finît par ſe briſer ſous les coups redoublés dont il le frappoit. Joignez à tout cela un tact incroyable pour dépiſter les frippons.

Il n'avoit pas tardé à mettre l'Abbé d'Outreviel à ſa place, & il faut s'attendre qu'un Tartuffe découvert ne pardonne pas. Auſſi M. l'Abbé, pendant toutes les fêtes dont ſa niece & le Comte faiſoient l'ornement, d'autant plus irrité que la dignité de ſon caractere le privoit par fois de quelques ſoupers excellents, qu'il regrettoit autant qu'il y étoit peu regretté, avoit eu tout le temps d'élaborer ſon fiel dévot, d'aiguiſer tous les dards de la calomnie, & de bâtir enfin l'édifice diabolique ſous lequel il vouloit écraſer, d'un temps, le Comte de Marcy & Mademoiſelle de Syane elle-même.

Elle avoit depuis long-temps encouru l'indignation de ſon vilain oncle, & cela étoit bien juſte; car le ciel a de tout temps réſervé aux graces & à la vertu le double hommage de la haine des méchants & de l'amour des bons. Mademoiſelle de Syane, quoique bien jeune, ne s'étoit pas trompée au caractere déteſtable de ſon parent. Si elle ne le haïſſoit pas encore, c'eſt que le ſentiment de la haine étoit naturellement étranger à ſon cœur. Mais l'éloignement qu'inſpire le mépris, exerçoit en revanche tous ſes droits ſur cette ame neuve & pure. Les fréquents compromis de ſon oncle & du Comte mettoient encore un degré d'activité à ſes ſentiments défavorables; &, quoi que nous ayons dit, l'ame douce qui n'eût jamais haï, eſt bien près d'en venir là, quand elle aime une fois, & qu'elle eſt contrariée.

Enfin la guerre étoit ouverte dans le ſein de la famille de Mademoiſelle de Syane. On eût dit que les circonſtances, après avoir prêté à l'Amour tout le délire des fêtes & du bonheur pour lui aſſurer ſa conquête, venoient lui prêter les armes, peut-être plus puiſſantes encore, des traverſes, des obſtacles, des privations, des peines, & tout ce cortege de déſaſtres qui alimentent la ſenſibilité, enfoncent le trait dans l'ame, n'y permettent qu'un vœu unique, qu'un deſir renaiſſant pour l'objet qui s'éloigne, nourriſſent l'amour par la douleur même, & portent auſſi loin qu'elles peuvent aller, les facultés d'aimer & de ſouffrir.

Nous avons parlé d'un certain Gaſcon.

Seul au monde il pouvoit ôter à l'Abbé d'Outreviel la primauté abſolue entre les gens faux & dangereux. Ce Gaſcon s'appelloit le Chevalier de Meilac, quoiqu'aîné d'une famille fort ignorée de tout le monde, excepté de lui. Il étoit pourtant Capitaine dans le même Régiment que le Comte de Marcy, & avoit toutes les prétentions. Il ſoutenoit celles de la naiſſance par de la dureté ; celles de la magnificence, par des dés pipés; celles de la bravoure, par des fanfaronnades ; celles de l'eſprit, par des noirceurs, & celles d'homme à bonne fortune, par une intrigue & des épaules incroyables.

La bonne Madame de Syane n'avoit vu qu'une partie de tout cela, & c'étoit le bon côté. Par exemple, le Chevalier prétendu lui avoit paru d'une ſanté tout-à-fait propre à répandre la gaieté dans le commerce de la vie. Elle n'avoit pu tenir à ſes petits ſoins recherchés & à ſon accent. C'étoit un de ces hommes que l'on trouve toujours là, & il n'y a point de veuve qui y tienne, à la longue. Madame de Syane aimoit les drogues ; M. le Chevalier en étoit venu à compoſer les tiſanes dans une perfection inconnue jufqu'à lui. Il faifoit le thé à miracle, paffoit les décoctions par merveille, & avoit réellement pouffé l'art de l'apothicaire dans toutes fes parties, auffi loin qu'il peut aller. Ainfi prife de toute part, le moyen que la pauvre Madame de Syane pût fe défendre! Auffi n'en avoit-elle rien fait, & M. le Chevalier, après avoir été quelque temps le premier valet de la maifon, en étoit devenu le maître le plus abfolu & le plus infolent.

Ce malheureux n'avoit rien au monde que ce qu'il voloit. Comme il avoit une idée confufe qu'à force de voler, on finit par être pendu, il s'étoit propofé de faire une fin qui lui promît une impunité plus durable. Un mariage, fondé fur tous les genres de féductions les plus atroces, lui ayant paru une chofe affez reçue, ou au moins pour laquelle on n'étoit pas auffi exactement dans l'ufage de pendre, il avoit donné la préférence à ce projet en général. En conféquence, il étoit devenu, par excellence le Chevalier de toutes les veuves du Royaume. Il avoit des correfpondances dans toutes les provinces ; & dès qu'un mari mouroit, M. le Chevalier étoit averti. Ses affidés lui envoyoient un état des biens & des terres. Il avoit la délicateſſe de ne point exiger les portraits, de peur de compromettre les femmes; d'ailleurs il attachoit peu de prix aux charmes paſſagers de la figure : il eſt vrai que l'ame, le caractere & les mœurs ne lui importoient guere davantage; il étoit plein de philoſophie.

Madame de Syane, ſa foibleſſe, & les droits qu'elle avoit accordés, avoient paru depuis long-temps à Meilac très propres à remplir ſes vues. Il avoit ſéduit & captivé l'Abbé d'Outreviel lui-même. Un des ſecrets, employés par lui pour y réuſſir, donne un trait caractériſtique, utile à la reſſemblance des deux portraits à la fois.

M. l'Abbé mettoit au nombre de ſes délices le plaiſir de déſoler ſa ſœur. Il ſe faiſoit des armes contre elle de toutes ſes fautes & de ſes ridicules, à l'affût deſquels il étoit ſans ceſſe. Sa joie étoit de la faire trembler, & ſon but de lui faire faire tout ce qu'il vouloit par la crainte de ſa langue. Notre Gaſcon n'avoit pas laiſſé échapper ce foible du Commendataire. Pour le mettre à profit, il lui faiſoit des confidences ſur la pauvre

Madame de Syane. Il piquoit la curiosité du vilain Prêtre, & celui-ci prêtoit de l'argent au vilain Gascon pour avoir occasion de médire un peu plus de sa parente. Aussi les jours où les fermiers de l'Abbaye venoient compter avec l'Abbé, le Gascon étoit sûr d'avoir sa part du quartier, le Tartuffe son petit psautier de médisance, & la sœur infortunée mille déchirements d'ame & mille avanies par minute.

Tirons le rideau sur ces œuvres ténébreuses & sur ces scenes d'enfer. Ramenons plutôt nos yeux sur Mademoiselle de Syane. Le premier regard jetté sur elle fait oublier tout ce qui n'est pas doux, & douter de tout ce qui n'est pas honnête. Elle n'a pas besoin des tableaux contrastants qui l'environnent pour porter l'attendrissement dans les cœurs; pour intéresser à l'excès, elle n'a pas besoin d'être une beauté malheureuse. Mais pour porter, d'un mot, cet intérêt à son comble, disons que Meilac, du lit même de Madame de Syane, a formé le projet d'entrer dans celui de sa fille. Ajoutons que l'abominable Abbé, ne voyant plus d'autres moyens de se faire payer de ce que l'escroquerie a dérobé à ſon avarice, prête les mains à ce complot d'horreurs.

Les choſes en étoient à ce point, quoiqu'encore ignoré du public, dès le temps où le Comte de Marcy étoit arrivé à Bourdeaux. Meilac étoit alors abſent. Il étoit parti, non ſans regret, pour aller chercher ſes titres de famille, qui n'exiſtoient pas plus que les biens dont il devoit rapporter l'état en même temps. La foible, mais aſſez vaine Madame de Syane, avoit eu la force d'exiger ces deux choſes expreſſément avant que de conclure.

Le fourbe ne s'étoit pas éloigné ſans les tranſes ſuppliciantes à qui eſt confiée la punition inſuffiſante de ſes pareils. Il connoiſſoit l'averſion de Mademoiſelle de Syane pour lui. Il avoit été inſtruit de ſa révolte, à l'apparence des propoſitions qu'il avoit à peine permis à ſa mere de lui annoncer; car ſon projet étoit de ne rien dire juſqu'au ce moment même, mais de n'épargner rien alors pour en venir à ſon but. Il n'ignoroit pas davantage à quel point le conſentement de la mere même étoit forcé. Pour lever ces obſtacles, ſouvent il lui avoit propoſé de l'épouſer elle-même. Mais ſoudain il changeoit d'avis. L'argent étoit bien le premier but de ce lâche; mais, par une fatalité ſans exemple, il faut dire, à la honte de l'Amour, qu'il entroit pour quelque choſe dans le mélange monſtrueux de paſſions & de vices dont le cœur de Meilac étoit compoſé: Meilac, oui Meilac étoit amoureux, & aimoit Mademoiſelle de Syane.

A la premiere entrevue du Comte de Marcy, aux premiers ſoins qu'il avoit rendus à ſa fille, Madame de Syane, reſpirant dans l'abſence de ſon tyran, avoit cru voir un dieu tutélaire & vengeur. Par une ſuite de ce caractere d'inconſéquence, ſi commun chez les femmes, & peu rare chez les hommes, elle avoit déja preſque oublié Meilac. A peine ſe ſouvenoit-elle de ſon empire, de ſon prochain retour, & même de la promeſſe par écrit qu'elle lui avoit faite de lui donner ſa fille en mariage. Le ſcélérat n'avoit point voulu conſentir à s'éloigner ſans ce garant. Mademoiſelle de Syane, imparfaitement inſtruite, toute entiere livrée à l'enchantement d'aimer pour la premiere fois, ne croyoit pas, en voyant tous les jours le Comte de Marcy, qu'il fût pour elle un malheur à redouter. De ſon côté, Meilac n'étoit point ſans embarras. Il avoit à colorer l'impoſſibilité de l'exécution de ce qu'on exigeoit. Il prolongeoit ſon abſence en dépit de lui. Son affreux amour s'en attiſoit davantage. Il n'étoit pas ſans crainte, mais il étoit loin d'être ſans eſpoir.

C'eſt alors que toute la malice d'un faux Prêtre eut une occaſion de ſe déployer. On a vu la haine de l'Abbé d'Outreviel naître contre le Comte de Marcy. Il eût ſuffi de les connoître tous deux pour la prévoir. On a vu les circonſtances fomenter encore cette haine, & le mépris manifeſté du Comte la porter à ſon comble. Au milieu de ce dédale d'intrigues, de calomnies, de noirceurs, de foibleſſes & d'abſurdités, il ſembloit que le Ciel prît plaiſir à conduire à bien les intérêts de deux cœurs purs. On eût dit qu'il veilloit à cimenter l'union des deux êtres les plus dignes d'aimer & d'être heureux. Madame de Syane mettoit à profit l'abſence de Meilac. Elle hâtoit ſecretement les préliminaires de l'union la plus convenable comme la plus desirée. Que l'on juge si elle étoit bien servie par la vigilance du Comte & par les tendres sollicitations de sa fille. Trop foible pour purger ses fautes par un aveu, elle se contentoit de les pleurer. Elle baignoit de larmes ameres & infructueuses le lit où le plus lâche des suborneurs l'avoit déshonorée ; mais elle se gardoit bien de prononcer le nom de Meilac, & Mademoiselle de Syane elle-même ignoroit qu'un seing funeste la rendoit en quelque sorte l'otage de sa mere & le garant de sa réputation.

Enfin nos amants vont être couronnés. Les articles sont dressés. Le jour est pris. La seule clause est le secret. Cette clause paroît essentielle à la tremblante Madame de Syane ; & l'on se doute bien qu'en ce moment toutes les clauses paroissent bonnes aux deux parties les plus intéressées.

Que fait l'Abbé d'Outreviel ? Instruit par ses espions, il forme une opposition réelle. Les prétextes naissent au défaut des raisons. La noirceur les enfante, la calomnie les multiplie, & l'art des méchants semble s'étendre encore pour le ſupplice de la vertu & de l'amour. Que fait le Prêtre infame? Auſſi lâche que fourbe, il croit qu'un ſecond lui manque, & ſe perſuade que ſon Meilac, de retour, va faire trembler le Comte, dont le nom ſeul le fait pâlir. La haine a changé ſon avarice en prodigalité; ſon tréſor s'ouvre entier pour nuire. Deux couriers ſont dépêchés, à grands frais & en ſens contraires, pour chercher par-tout le fier-à-bras, dont l'Abbé d'Outreviel veut faire ſon champion, l'aſſaſſin du Comte, l'époux & le bourreau de ſa niece.

Meilac eſt retrouvé, inſtruit, furieux; il arrive. L'Abbé triomphe, le mariage eſt ſuſpendu, Mademoiſelle de Syane tombe malade, le Comte frémit de déſeſpoir, & Madame de Syane s'évanouit. Meilac oſe parler de ſes droits & de ſon titre écrit. Il demande d'autorité la fille à la mere, & menace de les perdre toutes deux en parlant. Madame de Syane tombe de défaillance en défaillance, tandis que ſa fille, au premier mot, voit l'énergie de la vertu & de la paſſion ranimer ſes forces phyſiques. Son viſage

a

a toujours ſeize ans; mais ſon eſprit & ſon ame prennent l'âge auquel les réſolutions ſages & fortes ſemblent réſervées. Elle mande le Comte, l'inſtruit de tout, & finit ſa courte harangue par ces mots : » Je ſais que j'expoſe vos jours ; mais je ſais auſſi que vous » ne pourriez vivre ſans moi, ni avec moi » déshonorée «.

Voilà un beau moment pour le Comte de Marcy. Qui ne l'envieroit ? En eſt-il un pour le courage comme celui qui donne à venger une maîtreſſe vertueuſe d'un rival mal-honnête ? S'il exiſte dans la vie un inſtant où un combat mortel offre preſque de la volupté, ſans outrager la Nature, n'eſt-ce pas celui-ci? Qu'eſt-il de noble & de doux au monde comme d'expoſer ſes jours pour l'objet auquel on les a tous conſacrés.

Le Comte de Marcy eſt déja loin. Il s'eſt éloigné de ſa maîtreſſe. Ils n'ont pleuré ni l'un ni l'autre. A l'inſtant de l'adieu, tous les traits de l'amant ſe ſont armés d'un caractere ſi grand, que les alarmes mêmes de Mademoiſelle de Syane ont paru calmées ; & d'ailleurs, quand ces alarmes ſont vraiment extrêmes, ce n'eſt jamais au moment où l'action est nécessaire, qu'elles se développent. Le Comte a quitté Mademoiselle de Syane, & c'est en partant pour s'aller battre pour elle, que le premier baiser lui a été permis. Ses derniers mots ont été : » Rassurez-» vous ; je suis plus fort, plus adroit, plus » brave que lui, & je combats pour vous ». Les derniers mots de Mademoiselle de Syane ont été : » Comte, embrassez-moi ». Il est parti, & déja le billet suivant est dans les mains de M. de Meilac.

Billet du Comte de Marcy au Chevalier de Meilac.

*Votre procédé n'est pas celui d'un homme d'honneur. Vous voulez épouser de force une fille qui ne vous aime pas, & seroit malheureuse avec vous. J'ai plus d'une raison de ne le pas souffrir ; une seule me suffiroit pour l'empêcher. Si toute espece de courage n'est pas dénié à un malhonnête homme, vous serez aujourd'hui à cinq heures dans le petit bois qui touche au parc de ***. Ce bois descend jusqu'à la riviere ; je m'y rendrai ; l'un de nous deux n'en sortira plus.*

LE COMTE DE MARCY.

Mais quelqu'un eſt plus en danger que les deux hommes qui s'apprêtent à s'égorger: c'eſt cette Mademoiſelle de Syane, tout-à-l'heure ſi forte, ſi courageuſe, & peut-être accuſée par plus d'une femme timide & plus d'un homme indiſcret, d'un procédé plus égoïque que généreux. La voila ſeule à préſent. Le Comte de Marcy n'eſt plus là. Son amant, ſon appui, tout lui manque, & ſes forces l'abandonnent. Elle ne le voit plus, & la crainte, & l'abſence, & l'Amour, & la Nature effarouchés, tous à l'envi l'environnent de leurs fantômes. Un noir délire ſe joue de ſon imagination. Son ſang s'allume, ſon cœur ſouffre, ſon eſprit s'égare; l'altération phyſique & morale ſe réuniſſent pour aigrir ſes douleurs. Le remors même entre dans cette ame pure & déſolée, d'autant plus cruel, d'autant plus déchirant, qu'il y fut toujours inconnu. L'infortunée, rembruniſſant toutes les images de la peur, voit tout ce qu'il y a d'affreux à voir; c'eſt le Comte bleſſé & mourant pour elle. Elle ſe peint ſon adreſſe, ſa valeur; mais elle ſe les repréſente trompées par le ſort, & peut-être par la plus lâche trahiſon. Tout doute cruel eſt adopté, tout ſanglant ſoupçon ſe confirme ; Mademoiſelle de Syane s'accuſe de tout, & la ſeule idée fixe, comme le ſeul objet auquel il ſoit encore en elle de s'arrêter, eſt le verre de poiſon préparé par elle, & qu'elle tient conſtamment en mains, en attendant ſon arrêt.

L'heure s'avance. M. de Marcy eſt au rendez-vous. Meilac eſt en chemin. Par un effet contraire, l'eſprit bouillant du premier ſe change en un flegme actif & concentré à la fois. On diroit qu'il raſſemble en un point toutes ſes facultés de voir & d'agir pour s'en ſervir mieux. L'autre a beſoin d'attiſer ſa rage pour la rendre agiſſante. Il ne triomphe de la peur que par un excès d'ivreſſe farouche. Enfin Meilac paroît, & M. de Marcy croit Mademoiſelle de Syane vengée. Puiſſe le Ciel rendre vrai ſon preſſentiment !

En portant la main ſur la garde de ſon épée, le Comte dit à Meilac : » Veux-tu rendre la promeſſe écrite, & vivre »? & déja ſon lâche adverſaire a porté le premier coup. Un bond en arriere empêche la bleſſure d'être profonde. Alors le Comte armé croiſe le fer à ſon tour. Malgré ſes forces altérées, il enſanglante bientôt l'arme qui le défend. L'œil cave de Meilac inſpire cet effroi révoltant, qui n'eſt point de la crainte, mais de l'horreur. Sa rage l'égare; il bondit comme un tigre; il uſe ſes forces à frapper vaguement l'air d'un fer qu'il dirige mal. Celui du Comte ſe plonge & ſe rougit trois fois, & Meilac ne tombe point. Il ſemble que ſon cœur, flottant dans la capacité de ſon corps, s'y dérobe au coup mortel. Son activité aveugle & renouvellée fait douter au Comte ſi c'eſt un plaſtron ou un corps qu'il tranſperce. Son rival l'attaque de nouveau avec plus de fureur & plus d'aveuglement. Un nouveau coup effleure M. de Marcy à la gorge; mais celui-là même eſt le ſignal du dernier que recevra Meilac avec l'impreſſion du jour. Il tombe; le ſang ruiſſele de ſes narines, de ſes oreilles, de ſes yeux qui ſe ferment : la Nature eſt purgée d'un monſtre, Mademoiſelle de Syane eſt délivrée d'un tyran, & le Comte pleure déja ſur le cadavre d'un homme qu'il abhorroit. Il a vaincu, il ne hait plus.

Tandis que M. de Marcy tente d'apporter de vains ſecours à cet être ranimé par les dernieres angoiſſes de la mort, un de ſes valets, ſeul témoin du combat, avec un valet de Meilac, eſt déja au château. Cet homme accourt éperdu, pâle & ſans voix. L'égarement, l'effroi de ce qu'il a vu alienent ſon eſprit. Il ne voit qu'épées nues, que ſang qui coule. Son délire eſt tel, que l'on ne peut connoître ſur ſon viſage ſi c'eſt la victoire ou le trépas de ſon maître qu'il annonce. Sa vue ſeule répand une nouvelle épouvante. Tout eſt conſterné. La race des valets, toujours inventive & exagérante, interprete le ſilence. Le premier mot iſolé que cet homme prononce eſt : *Il eſt mort.* Cent bouches le répetent, & ajoutent leur funeſte interprétation. Cet affreux écho parvient à Madame de Syane, qui ſe trouve mal, & ſe prolonge juſqu'à ſa fille, que nous avons laiſſée ſeule un verre de poiſon à la main.

Pour elle, tout eſt dit. Le déſeſpoir eſt au comble, & la réſolution fixe. Mademoiſelle de Syane leve au Ciel, & pour la derniere fois, des yeux purs comme lui. Elle prononce, avec un long ſoupir, le nom du Comte de Marcy. Le vaſe approche les levres d'où ce nom chéri vient de ſortir . . . . . . Le Comte paroît, le vaſe tombe, & Mademoiſelle de Syane revoit le jour.

Il eſt des choſes que l'on ne peint pas. De ce nombre eſt, ſans doute, ce paſſage de la mort à la vie, de l'enfer au ciel, de la tombe aux bras d'un amant aimé. Taiſons la joie, la reconnoiſſance & les remors de Madame de Syane; partageons le bonheur de ſa fille, ou plutôt, avant de jouir de ce calme rendu, voyons s'il eſt durable.

Le ciel ne laiſſe pas ſitôt tranquilles deux êtres intéreſſants & paſſionnés. Que l'on ne compte pas ſur la paix, là où reſpire un mauvais Prêtre, un tartuffe haineux, un faux dévot, un Abbé d'Outreviel. Du fond de la retraite où il a fui, il faut tout craindre de ſa déteſtable activité. Il a tout prévu pour faire le mal. Il a réſervé au Comte le double piege d'un aſſaſſinat, &, à ſon défaut, le glaive des loix. A peine Meilac eſt-il mort, à peine nos amants ont-ils reſpiré, que les Magiſtrats, inſtruits par des eſpions gagés, ſe voient forcés d'informer & de pourſuivre. Une dépoſition légale les contraint d'ouvrir des yeux qu'ils fermoient. On eſt prêt à leur faire un crime de ne pas ſervir le plus atroce des complots. Heureuſement les preuves manquent encore. Le corps de Meilac, jetté dans les flots de la Dordogne par deux amis du Comte, ne permet pas de constater le délit. Mais bientôt il semble, qu'à la honte de la Nature, tout, jusqu'à ses phénomenes extraordinaires, concourt à servir le vice contre la vertu.

Tout le monde ne sait pas (& cela est cependant certain) qu'un cadavre, jetté à l'eau, sans un poids spécifique qui le retienne au fond, ou tel autre lien intime, reparoît constamment à la surface, à l'époque du neuvieme jour. Ce jour est arrivé, & le corps de Meilac reparoît. L'Abbé l'a prévu, & le Comte, ni ses amis ne s'en sont pas même douté. Les émissaires du monstre apperçoivent les premiers leur proie. Le corps est retiré, reconnu, transporté, déposé ; & pour comble d'horreurs, ces soins infernaux sont colorés du vernis de la Religion. Il est constaté que Meilac est mort. Ses plaies constatent qu'une épée a tranché ses jours. Qui tenoit cette épée ? voilà ce qui reste incertain. On fouille dans les poches de Meilac. Le billet du Comte de Marcy s'y trouve ; sa signature s'y reconnoît, le duel est avéré, l'Abbé triomphe, & M. de Marcy va être cité en juſtice.

La paix a-t-elle donc tant de peine à deſcendre ſur le toit que l'innocence habite? Mademoiſelle de Syane, ſans oſer ſe livrer au bonheur ſuprême, en eſſayoit les prémices. La ſeule préſence de ſon amant les lui faiſoit connoître. Sa vue lui rendoit l'eſpoir de le poſſéder bientôt tout-à-fait. C'étoit ſon époux qu'elle voyoit dans le Comte, & c'étoit ſon époux que, par un ordre bien ſuperflu, ſa mere lui ordonnoit de voir en lui. Ces deux cœurs éprouvés s'ouvroient entiers l'un à l'autre. Ils ſe montroient à découvert leurs bleſſures douces & profondes. Ils avoient tant fait tous les deux l'un pour l'autre, la douleur avoit tellement diſpoſé leurs ames à la tendreſſe, que jamais la ſenſibilité n'exerça un ſi doux empire, que jamais l'Amour n'eut deux cœurs où il regna ſi bien.

Dans ces circonſtances, les amis du Comte arrivent en foule. Leur empreſſement déſordonné ajoute à l'effroi qu'ils apportent. Avant un expoſé clair du péril qui menace M. de

Marcy, des voix confuſes s'élevent pour lui preſcrire la fuite. L'explication ne vient qu'après la conſéquence. En préſence de Mademoiſelle de Syane & de ſa mere, le Comte apprend le dépôt du corps de Meilac, la circonſtance du billet retrouvé, la confirmation du duel, & la rigidité de cette loi ſage & contradictoire, qui ne laiſſe pour recours à l'homme d'honneur que la fuite & le menſonge.

Quel moment pour Mademoiſelle de Syane! ſon parti n'eſt pas douteux. Le péril de ce qu'elle aime ne lui laiſſe pas même, en ce moment, la force de regretter ſon abſence. Elle ne voit que ſon danger. Son imagination fait de nouveau ſon cruel office. Elle voyoit tout-à-l'heure ſon amant percé des coups qu'il devoit porter; maintenant elle voit le procès jugé, la ſentence rendue, la tête du Comte ſous le fer du bourreau. Elle frémit, conjure, ſupplie, ordonne au Comte de s'éloigner. Mais la femme que nous aimons, quand elle nous commande de la quitter, oublie que ſes yeux détruiſent l'ordre de ſa bouche; que plus elle tente alors, plus elle diſpoſe à lui déſobéir. Il ne faut que connoître le caractere de M. de Marcy & la tournure de ſa tête pour prévoir ſon refus. Quitter déſormais Mademoiſelle de Syane un moment, effarouche ſon cœur; fuir, n'importe comment, n'importe pourquoi, eſt un mot qui, de tout temps, eût le droit abſolu de le révolter. Vainement ſes amis le preſſent, raiſonnent, démontrent, exigent, il ne leur dit qu'un mot. » Vous me demandez ce que » j'ai refuſé à Mademoiſelle de Syane «, & ſes amis ſe taiſent. » Si la loi eſt bonne, » ajoute le Comte, pourquoi l'enfreindre? » Si elle eſt fauſſe, c'eſt à elle à ſe retracter; » mais ce n'eſt pas à moi de fuir, dans au- » cun cas «.

C'eſt ainſi que cette immutabilité de réſolution, cachet de tous les grands caracteres, c'eſt ainſi que cette fermeté, qui, même dans ſon excès, conſerve encore quelque choſe de noble, redoubloit le danger. Que l'on juge de la poſition de Mademoiſelle de Syane. Que l'on calcule toutes les larmes qui tomberent alors de ſes yeux. Combien d'inflexions tendres paſſerent alors dans ſa voix pour perſuader!

Comment le Comte osoit-il résister ? Il s'en étonnoit lui-même. Il disoit à Mademoiselle de Syane : » Il faut bien, quoi que » vous fassiez, que vous ne soyez point » persuadée vous-même, puisque vous ne » me persuadez pas «.

Le Comte avoit raison ; malgré sa douleur, son trouble & son effroi, il est certain qu'au fond de son ame, Mademoiselle de Syane approuvoit son amant. Encore une fois elle avoit elle-même une ame forte ; & quand l'Amour vient à s'exercer sur des cœurs de cette trempe, il est certain qu'il en résulte une énergie, dont rien autre, dans la Nature, ne donne d'idée.

Cependant les heures passent, & les méchants ne dorment pas : (est-ce qu'ils dorment ?). La procédure criminelle étoit entamée. L'Abbé d'Outreviel payoit ; les plumes vénales instrumentoient ; le Comte étoit sur le point d'être constitué prisonnier. Déja les gens de Loi environnoient la demeure où l'Amour devoit le couronner, & où les bourreaux étoient prets à le saisir..... Le Ciel ſe laſſe enfin de la proſpérité du crime. Dans ces circonſtances, le haſard conduit à Bourdeaux un des Princes du Sang de la Maiſon regnante. Tous les échos de la ville lui répetent l'hiſtoire du Comte de Marcy & de Mademoiſelle de Syane. La beauté, la vertu reprennent leurs droits. Ils intéreſſent. La curioſité ajoute à cet intérêt. Le Comte a l'honneur d'appartenir au Prince bienfaiteur : nouvel aiguillon à ſa bienfaiſance. Le Prince voit Mademoiſelle de Syane, &, de ce moment, il ſe croit pere des deux amants. Il agit. Le pouvoir & la bonne cauſe ſe réuniſſent. Les calomniateurs & les délateurs tremblent. L'Abbé démaſqué ſubit l'interrogatoire & les menaces de l'homme puiſſant. Il nie & pâlit. On détruit ſes menées actuelles par la force; on enchaîne ſes démarches à venir par la crainte. Le billet ſigné du Comte eſt retiré & brulé; &, pour cette fois, le crédit devient légitime, même dans ſon abus. Enfin le Ciel s'épure pour le jour des noces de M. de Marcy & de Mademoiſelle de Syane. Le Prince y préſide comme parent & comme bienfaiteur. Il exige de plus une place comme ami. Le bonheur le plus pur ſuccede aux déſaſtres les plus accumulés, & l'homme apprend à attendre, avant que de ſe plaindre.

FIN.

www.ingramcontent.com/pod-product-compliance
Lightning Source LLC
LaVergne TN
LVHW020323230826
846091LV00003B/746

* 9 7 8 2 3 2 9 7 6 9 0 0 4 *